쉿!
강시

쉿! 강시 3

이종우 新무협 판타지 소설

초판 1쇄 찍은 날 § 2002년 12월 10일
초판 1쇄 펴낸 날 § 2002년 12월 20일

지은이 § 이종우
펴낸이 § 서경석

편집장 § 문혜영
편집책임 § 박영주
편집 § 장상수 · 권민정 · 이종민
마케팅 § 정필 · 강양원 · 이선구 · 김규진

펴낸곳 § 도서출판 청어람
등록번호 § 제1081-1-89호
등록일자 § 1999. 5. 31
어람번호 § 제2-0158호

주소 § 경기도 부천시 원미구 심곡1동 350-1 남성B/D 3F (우) 420-011
전화 § 032-656-4452 팩스 § 032-656-4453
http://www.chungeoram.com
E-mail § eoram99@chol.net

값 7,500원

ISBN 89-5505-552-8 (SET)
ISBN 89-5505-555-2 04810

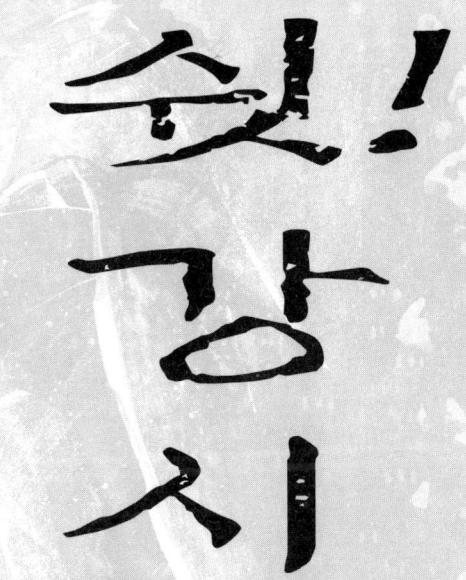

쉿! 강시

이종우 新무협 판타지 장편 소설

3

나 혜림(慧林)은 그렇게 '고루노괴 할아버지'와 만났다

● 완결

도서출판

청어람

3 목차

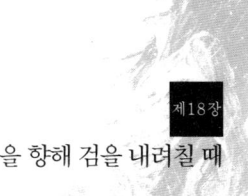

제18장
그 사람이 나의 목을 향해 검을 내려칠 때

일곱의 하나

7월 14일 밤.

주춤.

허민오는 무턱대고 한 걸음 떼어놓았다.

그의 얼굴은 새파랗게 질려 있었다.

바닥에 쓰러진 그녀가 몸을 일으켜 세우고 있고 청효자는 푸르게 빛나는 송문검을 들어 올렸다.

청효자는 금세라도 그녀의 목을 향해 검을 내려칠 기세였다.

허민오의 몸이 가늘게 떨렸다.

또다시 그녀의 얼굴과 육 년 전에 죽은 손자 녀석의 모습이 겹치고 있었다.

그녀가 죽는다!

아무것도 모른 채 고루노괴에게 납치당해 괴물이 되어가는 불쌍한 계집아이가……

이렇게 무기력하게 가만히 있을 수 없었다.

허민오의 발놀림이 갑자기 빨라졌다.

마치 얼음을 지치듯 발바닥이 복도의 바닥에서 떨어지지도 않았는데 그의 몸은 청효자가 서 있는 정면으로 미끄러졌다.

눈 깜짝할 사이에 청효자의 곁으로 다가간 허민오가 온전한 오른손을 뻗었다. 오동나무로 만든 단단한 탁자도 박살 낸 참장(斬掌)이다.

청효자의 낯빛이 딱딱하게 굳어졌다.

뒤로 한 걸음 물러난 청효자가 검을 휘둘렀다.

그녀의 목을 향해 내려치던 송문검이 방향을 틀어 허민오를 향해 돌아갔다.

꽈앙!

허민오의 눈앞에서 짙푸른 섬광이 피어올랐다.

그러나 그 순간에도 절박하게 두 발을 움직이고 있던 허민오는 이미 그 자리에 없었다.

팟!

송문검은 헛되이 허공을 베었다.

두 눈을 빛낸 청효자가 서둘러 그녀가 쓰러진 곳으로 눈길을 돌렸다. 땅 밑으로 꺼지듯이 청효자의 눈앞에서 사라진 허민오가 그녀의 바로 앞에 서 있었다.

허민오가 인상을 크게 찌푸렸다.

격렬하게 몸을 움직인 탓에 혈을 막아 지혈을 해놓은 왼팔에서 다시 피가 줄줄 흘러내려 발 밑에 고이고 있었던 것이다.

하나 허민오에겐 머뭇거릴 시간이 없었다.

등 뒤에선 완전히 몸을 일으켜 세운 그녀가 움직이고 있었다.

금세라도 그녀가 자신의 등에 달라붙어 살점을 뜯어 먹을 것만 같았다.

허민오가 재빨리 돌아섰다.

그리고는 그녀를 향해 오른손을 쭉 내밀었다.

퍼엉—

가슴을 그대로 강타당한 그녀의 작고 가벼운 몸뚱이가 떠밀리듯이 복도의 끝을 향해 날아갔다.

꽈아앙!

그녀의 단단한 몸뚱이가 벽을 부수고 그대로 떨어졌다.

허민오가 다시 뒤로 돌아섰다.

청효자는 여전히 그곳에 있었다.

두 사람의 눈길이 부딪쳤다.

먼저 몸을 움직인 것은 허민오였다.

허민오는 피가 줄줄 흐르는 왼팔을 크게 휘저었다. 시뻘건 핏물이 방울 지어 허공에 흩어졌다.

청효자는 고개를 갸웃거렸다.

눈앞에서 팔을 휘두르는 노인의 몸짓이 마치 자신을 향해 공격하려는 것 같았기 때문이다. 그러나 그 팔은 강력한 힘에 의해 뜯겨져 나가 있었다.

청효자는 이 노인이 갑자기 미쳤다고 생각했다.

그렇지 않고서야 어찌 저런 '실수'를 범할 수가 있단 말인가.

그것도 다른 사람도 아니고 자신을 상대로 저런 허망한 몸짓을 하다니.

어처구니가 없었다.

그토록 멋들어진 경신술을 펼치는 것을 직접 눈으로 본 뒤라서 믿어지지 않은 건지도 몰랐다.

하지만 그런 생각과는 달리 자신의 눈을 어지럽히는 시뻘건 피는 왠지 모르게 아름답게 느껴졌다. 정말이지, 이상야릇한 기분이 들게 했다.

'가설'이란 무엇인가?

실제로는 아직 타당성이 증명되지 않았으나 어떤 사실을 설명하기 위해 편의상 내세우는 이론을 가리키는 말이다.

그러한 이론을 토대로 한 관찰이나 혹은 실험을 통해서 정확한 결과를 '증명'할 수만 있다면 그 이론은 가설의 위치를 벗어나 일정한 한계 안에서 타당한 진리가 된다.

나는 요즘 들어 이런 생각을 자주 해본다.

자달목에서 몽고의 늙은 무녀(巫女)를 만나고 또 남만까지 찾아가서 그곳에 살고 있는 야만인에게 알아낸 그 괴물의 '비밀'이 과연 제대로 된 것일까?

만약 그들의 말처럼 '살아 있는 사람'을 서서히, 아주 천천히 죽였다고 하자.

그리고 그렇게 산 사람을 죽여놓고 그 사람을 가사 상태에 빠지게 만들어놓았다고 치자.

한데 과연 그렇게 돼져 버린 인간이 다시 살아날 수 있을까?

없다!

나는 단언할 수 있다.

벌써 십여 년이라는 세월이 흘렀지만 나는 아직 죽은 사람들을 다시 살려낼 방법을 찾지 못했던 것이다.

그래서일까?

요즘은 틈만 나면 다시 '옛날이야기'를 적어둔 책자를 꺼내볼 때가 많아졌다.

무언가 단서가 있을 법도 한데…….

며칠간 책자를 다시 읽어본 보람이 있었다.

'단서'는 찾을 수가 없었지만 약간 특이한 사실 몇 가지를 발견했다.

책자에는 이런 말들이 자주 나오는데…….

〈산 사람이 사는 곳을 양(陽)이라고 본다.

죽은 자가 살아가는 곳을 음(陰)이라고 한다.

원래 시체는 '음'에 묻어야 하지만 실수로 죽은 사람을 '양기'가 숨어 있는 곳에 묻어두면 그 시체는 썩지 않는다.〉

이런 음양의 이론은 몽고의 무녀에게 들었던 이야기와 유사한 점이 많았다.

하지만 중원(中原), 그러니까 대륙에서 전해지는 그 괴물의 제조법(?)은 남만이나 몽고에서 들었던 이야기와는 조금 다르다.

대륙에서 전해지는 이야기가 조금 더 체계적이라고나 할까?

몽고나 남만에선 내버려 둔 시체가 다시 일어난다는 식이다.

그러나 대륙에선 죽은 자를 양기가 흐르는 땅에 묻기 전에 주술을 걸어 그 시체에다 생명을 불어넣는다.

—주술이라······.

그럼 주술이라는 것은 도대체 무엇인가?
불행이나 재해를 막으려고 주문을 외우거나 술법을 부리는 일을 말한다.
글쎄다.
주술이라는 것이 과연 불행이나 재해를 막기 위해서만 만들어졌을까?
자못 궁금해진다.
내가 이러한 의문을 품게 된 이유는 대륙의 동쪽 끝에 있는 예국(禮國)이라 불리는 해동(海東)이라는 곳에 갔다 와서부터였다.
땅덩어리는 아주 작지만 마음만은 넓은 사람들이 살아가는 나라였다.

—고루노괴의 사부가 남긴 책자 中에서.

청효자의 두 눈이 몽롱하게 풀렸다.
눈앞에서 번지는 너무나도 아름다운 핏물을 바라보자 금세 정신이 아득해지는 기분이었다. 그때 그의 귓전으로 이런 말소리가 들려오고 있었다.
"움······ 직······ 일······ 수······ 없······ 다······."
그 목소리는 아주 먼 곳에서부터 바람을 타고 귓구멍으로 흘러 들어

온 것 같았다.

아니, 그게 아니었다.

바로 등 뒤에 서 있던 누군가가 자신의 귀에다 입술을 바짝 붙여서 속삭이는 것 같기도 했다.

한데 이상했다.

단지 말소리를 들었을 뿐인데 청효자는 그 자리에서 꼼짝할 수 없었다.

청효자의 머리 속에선 몇 번이나 복도의 끝을 향해 달려가는 노인을 따라가야 한다고 외치고 있었다.

하지만 청효자의 몸은 그의 뜻대로 움직일 수가 없었다.

조금 더 정확히 말하자면 그의 의식과 육체가 완전히 따로 떨어져 놀고 있었던 것이다.

비적(匪賊)들에게 쫓기는 김 대인(金大人)이라는 해동에서 온 장사치를 만난 것은 '여름 밤만 되면 아름다운 여자로 변한다는 바위'를 보기 위해 요동 땅에 찾아갔을 때였다.

비적들의 손에서 김 대인을 구해준 것이 계기가 되어 나는 그 사람과 함께 해동이라는 나라에 갔던 것이다.

그리고 나는…

그 나라에서 아주 괴이한 광경을 목격한다.

해동에 머문 지 육 일째 되던 날 밤.

김 대인이 나를 찾아왔다.

그리고 그는 나에게 '내일 나와 함께 어디를 좀 갑시다'라고 말했다.

어리둥절해진 내가 김 대인에게 이유를 묻자 그는 '아주 재미있는 구경거리가 있다오' 하면서 크게 웃었다.

다음날 새벽.

김 대인이 나를 데려간 곳은 깊은 산속이었다.

숲 속의 공터에는 큰 탁자 하나가 있었고 그 탁자 위에는 여러 가지 음식들이 차려져 있었다. 그리고 탁자 뒤쪽에는 뾰족한 상투로 머리를 올린 남자들이 몇 명 앉아 있었다.

김 대인은 나의 손을 끌고 탁자 앞에 울긋불긋한 옷을 입고 서 있는 중년의 나이 정도로 보이는 여인에게 다가갔다.

여인은 파리하니 삐삐 말라서 주술사 특유의 기분 나쁜 냄새가 풀풀 풍기는 추녀였다.

하지만 눈빛만큼은 살아 있었다.

사람을 깔보듯이 쳐다보는 그 눈이 어쩐지 마음에 들었다.

김 대인이 여인에게 무어라 말하자 여인은 나를 힐끔 쳐다보더니 고개를 한번 끄덕였다.

김 대인은 나에게 눈짓을 보냈다.

나는 한쪽으로 물러서서 여인과 김 대인이 대화를 나누는 모습을 지켜보았다.

김 대인이 내가 있는 곳으로 다가왔을 때 나는 그 여인과 무슨 대화를 나눴는지 물었다. 그는 '내 주머니에 있던 돈이 조금 더 나간 것뿐이오'라면서 웃었다.

"이게 대체 무엇을 하는 것이오?"

나는 김 대인에게 다시 물었다.

"요동에서 비적들에게 쫓긴 것은 내게 액운이 낀 것 같아 준비한 것이오. 그리고 두 번 다시는 그러한 일이 없게 해달라고 부탁을 드리는 것이라오. 새해니까 말이오."

그러고 보니 그날이 바로 원단(元旦:새해, 설날)이었다.

대륙에 있었다면 지금쯤 나도 폭죽을 터뜨리면서 나쁜 귀신을 쫓아내고 있었겠지. 그것도 아니라면 관제묘(關帝廟)라도 찾아가서 절을 하고 있었을 것이다.

해동의 풍습을 전혀 모르는 나는 그런 생각을 하면서 이곳에선 원단이 되면 으레 이렇게 하나 보다라고 짐작했다.

우리 두 사람이 그런 이야기를 나누는 사이 그 여인은 공터의 한가운데로 다가갔다. 그리고……

징—

묵직한 쇳소리를 시작으로 아주 시끄러운 음악들이 한데 어울려지기 시작했다. 그중에 단연 압권은 아주 조그맣고 둥근 쇳덩이에서 나는 소리였는데,

꽹꽹! 꽹꽈꽹! 징! 꽹꽹! 꽹꽈꽹!

그 소리를 들어보지 못한 사람은 모른다.

한 번씩 들려올 때마다 머리 속이 사분오열(四分五裂), 아니, 그대로 갈기갈기 찢겨져 나가는 듯한 기분이 들 정도였다.

그리고 여인이 그 시끄러운 음악에 맞춰 손에 쥐고 있는 방울을 마구 흔들어대면서 춤을 추기 시작했다.

여인은 무엇인가 큰 소리로 말하기도 했다.

나는 자연스레 옆에 있는 김 대인을 돌아보았다.

김 대인은 나를 향해 빙그레 웃으면서 나에게 그녀의 말을 통역해

주었지만 '잡귀(雜鬼)야, 물러가라'는 둥 자신은 이곳을 지켜온 동자신(童子神)이라는 둥……

　도무지 나로서는 그 말의 뜻을 알 수가 없었다.

　하지만 김 대인의 말처럼 '아주 재미있는 구경거리'임엔 틀림이 없었다.

　그 뒤로 얼마간의 시간이 흘렀을까?

　아마 저녁때쯤이었을 것이다.

　꽹꽹! 꽹꽤꽹! 징— 꽹꽹! 꽹꽤꽹! 징—

　일정한 간격으로, 그것도 쉼없이 들려오는 시끄러운 음악 소리가 극에 달해 있었다.

　정말이지, 이때 나는 정신이 몽롱하다는 수준을 넘어 반쯤 넋이 나가 있었던 것으로 기억한다. 그것은 내 옆에 서 있던 김 대인도 마찬가지였을 것이다.

　하나 방울을 흔들어대면서 춤을 추는 그 여인과 괴상한 악기를 두들겨 대는 사람들은 전혀 달랐다.

　보통 사람들이라면 탈진해서 쓰러져야 마땅한데도 그들의 눈은 시간이 갈수록 반짝반짝 빛났고 그들의 움직임은 더욱 격렬해져만 갔다.

　바로 그때쯤이다, 그 괴이한 일이 일어난 것은.

　벌써 삼십 하고도 사 년이나 지난 일이다.

　하지만 지금도 눈을 감으면 그날 내가 보았던 광경이 마치 엊그제 일어난 일인 양 생생하게 되살아난다.

　몇 시진 동안이나 춤을 추며 공터를 돌아다니던 여인이 우두커니 서 있었다. 그리고 그녀는 심한 간질이 발작한 것처럼 온몸을 부들부들 떨었다. 두 눈을 빠르게 깜빡거렸고 눈을 깜빡거릴 때마다 눈의 흰자위가 많아졌다.

　떨림이 멈춘 것은 제법 시간이 흐른 후,

　이쪽으로 돌아선 여인이 난데없이 깔깔거리며 웃었다. 그런데……

　여인의 목소리가 이제까지와는 전혀 달라져 있는 게 아닌가.

　그것은 마치 어린 계집아이가 조그만 입술을 열어 말하는 것 같았다.

　목소리뿐만이 아니었다.

　여인은 내 앞으로 쪼르르 달려와 나에게 활짝 펼친 두 손을 내밀고 무언가를 달라는 듯이 나를 빤히 쳐다보았다.

　내가 자신을 멀뚱히 내려다보고만 있자 여인은 토라진 아이처럼 저쪽으로 가더니 눈물을 훌쩍거렸다.

　나는 온몸에 소름이 쫙 끼치는 기분이 들었다.

　방금 전까지 정신없이 춤을 추던 여인이, 그것도 중년의 여자가 난데없이 어린아이로 변해 버린 것 같은 광경에 할 말을 잃었다.

　여인은 다시 이쪽으로 오더니 나를 힐끔 보고는 '흥' 하고 콧방귀를 뀌면서 김 대인에게로 갔다. 그리고는 나에게 했던 것처럼 두 손을 내밀면서 배시시 웃었다.

　김 대인은 허리를 숙이면서 여인의 손에 조그맣고 납작한 쇳덩이―가운데 구멍이 뚫려 있는―를 올려주었다.

　그녀는 까르르 웃으면서 고맙다는 듯이 자신이 쓰고 있는 모자를 벗어 김 대인에게 씌워주고 방울을 김 대인에게 건네면서 그를 꼭 끌어안았다. 그리고는 그의 귀에 입술을 가져가더니 무언가를 속삭였다. 주문이라도 외우듯이.

　…나는 그만 숨을 죽였다.

　김 대인은 방금 전에 여인이 했던 것처럼 시끄러운 음악 소리에 맞추어 방울을 흔들면서 춤을 추었다.

또 김 대인 뒤에 서 있던 여인이 무언가를 이야기하고 눈물을 글썽이면 김 대인은 눈물을 줄줄 흘렸다. 그리고 여인이 난데없이 하하, 호호하고 웃으면 그는 울음을 뚝 그치고 그녀를 따라 껄껄 웃었다. 그리고……

문득 여인이 탁자 위에 있는 그릇에 담긴 생쌀을 한 움큼 집어 들어 김 대인에게 뿌렸다.

놀라운 일이 벌어졌다.

김 대인이 정말 아프다는 듯이 땅바닥에 데굴데굴 구르는 게 아닌가?

그 모습을 보면서 여인은 까르르 웃었다.

나는 넋이 나간 듯이 그들의 행위를 쳐다보고 있었을 뿐이다.

여인의 말과 행동은 마치 김 대인에게 끊임없이 '어떠한 암시'를 주고 있는 듯한 착각이 들었다. 그리고 김 대인은 그 암시에 의해 인위적으로 이끌어낸, 잠에 취한 것과 같은 상태가 된 것만 같았다.

잠깐!

암시를 준다?

이 말은 곧 남의 생각하고 활동하는 능력을 빼앗고 어떤 행동을 일으키도록 하는 자극을 준다는 말이다.

즉, 다시 말해서 '남을 내 뜻대로 조종'할 수 있는 상태로 몰고 간다는 의미다.

그러고 보니 오래전에 내가 몸담았던 배교(拜敎)의 사이(邪異)한 방술(方術) 중에도 그와 유사한 게 있었던 것도 같은데……

아마도 그 이름이…

그러니까… 섭……

그래, 섭혼술(攝魂術)이다!

아, 나는 바보다.

지금에서야 그 술법이 생각나다니!

섭(攝)이란 '쥔다'는 뜻이고 혼(魂)은 '넋'을 가리킨다.

그 말 그대로 시술자(施術者)가 피시술자(被施術者)의 넋을 손안에 들어쥐고 마음대로 조종하는 것 같다고 해서 섭혼술이라는 이름으로 불리는 것이다.

그렇다는 건……

ㅡ설마 주술의 가장 기본이 되는 것이 바로 그 섭혼술이란 말인가!

…아니다.

그럴지도 모른다.

사람들은 자신의 눈으로 본 것들만 믿으려고 한다.

하지만 눈에 보이지 않기 때문에 무서운 것들도 있는 법이다.

귀신 말이다.

사람들은 '죽은 자가 살아 돌아와 자신에게 해코지를 하는 것'을 두려워한다. 그러한 사람들의 불안함을 말끔히 씻어주는 게 무녀와 수행자가 해야 할 일인 것이다.

그러나 상식적으로 생각해도 그들, 그러니까 무녀나 수행자들이 '눈에 보이지 않는 것'을 실제로 눈앞에 만들어낼 능력은 없는 것이다. 하지만 섭혼술이라면…….

없는 이야기도 아니다.

실제로 배교에서도 예전엔 그러한 방법으로 주위 사람들을 현혹시켜

교도(教徒)를 늘렸다는 소리를 예전에 장로 한 분에게 들은 적이 있으니까.

그러면 말이다.

과연 시체에게 그러한 섭혼술을 걸 수는 없는 것인가?

그래, 알고 있다.

내가 생각해도 이런 이야기는 말이 되지 않는다.

섭혼술이라는 것은 어디까지나 '의식을 가진 살아 있는 사람'에게 아주 강렬한 환상을 경험하게 하는 것이니까.

하나 이렇게 생각해 볼 수도 있는데,

금방이라도 숨이 끊어질 것만 같은 사람에게 자신은 지금 죽어가는 게 아니라 단순히 '꿈을 꾸고 있다고' 믿게 만든다면……

그 정도로 강한 암시를 줄 수 있는 술법이 세상 어딘가에 존재한다면…….

어디까지나 '가설'일 뿐이다.

늙은이의 헛소리에 지나지 않는다.

　　　　　　　　　　　—고루노괴의 사부가 남긴 책자 中에서.

청효자는 자신의 몸이 언제부터 다시 움직이게 된 것인지 모른다.

그저 주위가 너무나도 조용하다는 사실을 알아차렸을 때 청효자는 오른쪽을 돌아보았다.

벽에 구멍이 뻥 뚫린 객실이 거기 있었다.

방금 전까지만 해도 그곳에는 자신의 제자가 서 있었는데 지금은 아무도 없었다.

그뿐만이 아니다.

귀빈거의 안은 텅 비어 있었다. 그리고 빗장이 굳게 채워졌던 정문이 활짝 열려 있었다.

청효자는 멍청하게 귀빈거의 정문을 바라보았다.

그는 누군가에게 거칠게 뒤통수를 한 대 얻어터진 것 같은 기분이 들었다.

허공에 붉은 핏물이 번지면서 자신의 시선을 사로잡았다.

노인이 돌아서더니 복도의 끝을 향해 달려갔다.

그리고 청효자는 자신의 몸이 움직이지 않게 되었다는 사실을 깨달았다.

모든 일은 물 흐르듯이 자연스레 일어났다.

그것도 극히 짧은 시간, 숨을 한번 크게 들이마셨다가 내뱉을 시간 동안에 일어난 일이었다. 그런데 신기하게도 자신의 주위에선 아주 많은 일들이 일어났다.

그리고 많은 일들이 일어났다는 것은 자신도 모르는 사이에 꽤 많은 시간이 흘렀다는 것을 뜻한다.

"그 노인이 이런 요망한 재주를 가지고 있었을 줄이야……."

청효자가 씁쓸하게 웃었다.

그리고 청효자는 눈을 들어 천장을 올려다보았다. 말로는 도저히 표현하지 못할 패배감 비슷한 감정이 가슴 저 밑에서부터 치밀어 올랐다.

자신이, 당금 무림에서 더 이상 대적할 상대가 없다는 자신이 고작 그 따위 요상한 재주에 현혹당해서 제자를 남의 손에 뺏겨 버린 것이다.

청효자는 고개를 흔들었다.

"이제 어쩐다?"

당초 이곳에 온 목적은 자신의 제자를 데리고 청성파로 되돌아가는 것이었다.

아이를 당가에 데리고 갈 마음은 없었다.

추잡한 어른들의 싸움에 자신의 귀여운 제자가 낀다는 사실이 너무나 싫었다.

하지만 목적은 이루지 못했다. 사내아이는 또다시 노백이라는 사람의 손에 붙잡힌 것 같다.

그리고 청효자는 노백이 어디 있는지 알지 못한다.

"흠, 어쩔 수 없이 또다시 공무(公務)에 바쁜 사제한테 신세를 져야겠구나."

일곱의 둘

"이제 나오십니까?"

"자네는……."

귀빈거의 문밖에서 자신을 기다리는 파란 관복을 입은 사내를 보았을 때 청효자는 약간 의외라는 반응을 보였다.

하나 잠시 시간이 흐르자 청효자는 미소를 지으며 말했다.

"안 그래도 동 추관(推官) 자네를 다시 찾아가려고 하던 참에 자네를 여기서 만난 건 잘되었네만, 예까지는 어쩐 일인가?"

"사형이 걱정되었다면 믿겠습니까?"

동해천(董海川)이 환하게 웃으면서 말했다.

청효자는 고개를 가로저었다.

"물론 믿지 못하겠네."

"하하, 사형답군요. 그것보다 사형께서는 빨리 제자를 되찾고 싶지 않으십니까?"

"그 사람들이 어디로 갔는지 보았나?"

"물론이죠. 하지만 그냥 맨입으로는 못 가르쳐 드립니다."

동해천은 가벼운 농담이라도 하듯이 그렇게 대답했다.

청효자가 동해천의 얼굴을 지그시 바라보았다.

그리고 청효자는 말했다.

"대답이나 하게."

그의 목소리가 이처럼 진지해졌을 때 농지거리를 할 사람은 아무도 없다.

동해천이 얼른 허리를 숙였다.

"수하들에게 미행을 하라고 해놓았습니다."

*   *   *

동해천은 사천성의 북쪽에 있는 산으로 청효자를 데려갔다.

장안(長安)과 성도(成都)를 잇는 가도(街道) 위에 우뚝 솟은 그 산의 이름은 검문산(劍門山)이라고 한다.

검문산 밑에는 사람들이 빽빽하게 늘어서 있었다.

그들은 하나같이 파란 관복을 입고 작은 모자를 약간 삐딱하게 썼으며 허리에는 짧은 몽둥이와 포승(捕繩)을 매달고 있었다.

포쾌(捕快)들이다.

청효자와 동해천이 산 밑에 나타나자 포쾌들 사이에서 약간의 소란이 일어났다. 포쾌들 사이에서 사람들이 하나둘씩 걸어나오고 있었기 때문이다.

포쾌들의 앞으로 걸어나온 그 사람들은 모두 동해천의 앞으로 다가오더니 허리를 깊숙이 숙였다.

청효자는 동해천을 향해 허리를 숙이는 사람들의 허리를 보고 눈을 빛냈다.

그들의 허리에 차고 있는 포승은 붉은색을 띠고 있었다.

적색의 포승.

그것은 포쾌들의 우두머리인 포두(捕頭)의 상징이다.

동해천에게 인사를 하는 포두의 수는 모두 스물넷이었다.

포두 한 명당 거느리고 있던 포쾌들의 수가 아홉이니 지금 여기 모여 있는 사람의 수는 이백이 훌쩍 넘어간다.

"그자들은 어디로 갔나?"

동해천이 맨 오른쪽에 있는 포두에게 시선을 주었다.

그 포두는 여기 모여 있던 사람과는 다른 옷을 입고 있었다. 몸에 딱 달라붙은 까만 옷이었다.

"저기에 암자(庵子)가 하나 있습니다."

야행복을 입고 있던 포두는 돌아서서 검문산의 중간쯤을 가리켰다.

동해천이 포두들을 돌아보며 말했다.

"좋아. 자네들은 먼저 가서 매복하고 있게. 내 명령이 있을 때까지 기다리는 걸 잊지 말고. 하나같이 위험한 자들이니 조심들하게."

포두들은 돌아서서 수하들에게 눈짓을 보냈다.

이때까지 부동 자세를 취하고 있던 포쾌들이 허리에 차고 있던 몽둥이를 꺼내 들고 검문산을 향해 걸어가기 시작했다.

조용한 가운데 일사불란하게 움직이는 수하들이 믿음직한지 동해천은 웃었다.

그리고 동해천은 나지막하게 중얼거렸다.

"이제야 감숙 땅으로 돌아갈 수 있겠구나."

일곱의 셋

"그러니까 자네 말은 첩혈대라는 부대가 이 사천 땅으로 쫓겨온 것이 순전히 자네 탓이란 말인가? 그리고 자네가 두 달 전에 여기로 부임해 온 건 그자들 때문이고?"

산길을 올라가면서 청효자가 옆에 있는 동해천을 돌아보았다.

동해천은 고개를 끄덕였다.

"말하자면 그런 것이죠. 하지만 나쁜 것은 그들이었습니다. 감히 나라의 녹을 먹는 자들이 사리사욕(私利私慾)에 눈이 멀어 군대의 병장기들을 몰래 내다 팔다니… 있을 수 없는 일이지요."

"그래서 자네는 그들의 행위를 상부에 보고했군?"

"당연히 그래야 하는 것 아닙니까?"

"흠……."

청효자가 무언가 미진하다는 듯이 고개를 갸웃거렸다.

"한데 좀 이상하군. 아무리 그래도 군인들이 이유없이 그러한 짓을 했겠는가?"

"그건 아니죠. 그들 나름대로의 절박한 이유가 있습니다."

"자네는 그들의 사정을 알고 있었겠지?"

"그자들의 뒷조사를 하면서 그들의 딱한 처지를 몰랐던 것은 아닙니다. 하지만 관아에 끌려가던 와중에 관인들을 죽이고 도주를 하다니요. 전 그들에게 동정심은 생기지만 그렇다고 해서 그들을 용서하고 싶은 마음은 들지 않습니다. 그들은 반드시 체포해야 합니다."

청효자는 웃었다.

사람은 쉽게 변하지 않는다는 말처럼 동해천은 어릴 때부터 융통성이라곤 눈곱만큼도 없었다.

"한데 말일세……."

"궁금한 게 또 있으십니까?"

"조금. 우선 자네는 여기로 부임해 온 지도 두 달이나 됐는데 도대체 그동안 뭘 한 건가?"

자신을 심문하는 것 같은 청효자의 말투가 거슬렸던지 동해천은 약간 힘이 들어간 음성으로 말했다.

"사형 같으신 분은 이해 못하실지도 모르겠으나 관부의 일을 인수인계받는다는 게 좀처럼 쉬운 일이 아닙니다. 이유야 어찌 되었든 전 여기 성도부의 추관(推官)으로 왔고, 그렇다면 추관으로서의 일을 해야지요."

"흠, 추관으로서의 일이라……."

"이곳에 요즘 무슨 일이 일어나고 있으며 백성들은 어떻게 생활하는 지도 알아야 하고, 그리고 백성들이 무엇 때문에 고민을 하는지 살펴보는 것도 추관의 일입니다."

"정말인가?"

"……?"

"나도 들은 풍월이 있어서 그런다네. 관부의 인물이 바뀌면 가장 민감한 것은 돈 많은 인간들이지. 그들에게 관부의 사람들은 친해지면 좋은 거고 사이가 나빠지면 그야말로 귀신보다 더 무서운 거라고 하더군. 그래서 그들은 관부에 한 사람이라도 부임해 오면 그 사람과 친해지기 위해 갖은 아양을 다 떤다더군. 아름다운 여자들이 있다고 소문난 고급 기루에 데려가서 흥청망청 쓰거나……."

"사형께서는 저를 그런 놈으로 생각하십니까!"

동해천의 목소리가 커졌다.

그리고 동해천은 우뚝 멈춰 서서 청효자를 가만히 응시하고 있었다.

청효자가 동해천을 멀뚱히 쳐다보았다.

갑자기 동해천이 처음으로 자신에게 가르침을 받던 때의 일들이 생각났다.

그때만 해도 동해천은 참 귀여운 아이에 지나지 않았다.

대부분의 사람들은 작고 귀여운 고양이를 보면 쓰다듬어 주기보다는 왠지 한 대 툭 치고 싶어지는 법이다.

청효자도 보통 사람들과 크게 다르지 않았다.

그래서 지금처럼 동해천의 신경을 박박 긁어서 그의 울음보를 터뜨리던 일이 많았다.

청효자가 희미하게 웃었다.

이제는 동해천도 나이가 들어서인지 울음보는 터뜨리지 않았지만 발끈하는 저 성격은 예전 그대로였다.

"대답해 주십시오!"

동해천의 목소리가 조금 더 커졌다.

이대로 가다가는 그의 목소리가 온 산을 쩌렁쩌렁 울릴 것 같았다. 그래서 청효자는 양 주먹을 들어 가지런히 모으고 고개를 살짝 숙였다.

"내가 잘못했네. 그 이야기는 이제 그만 하세, 이제 다 온 것 같으니까."

청효자는 돌아섰다.

잠시 동안 청효자의 등을 쳐다보면서 화를 달래던 동해천이 어색하게 웃었다.

동해천도 이제 더 이상 어린아이가 아니다.

어릴 때처럼 울음보를 터뜨리지 않았다.

게다가 사형은 지금 동해천 자신이 '나쁜 길'로 접어들까 염려되어 저런 말을 하고 있다는 것쯤은 잘 알고 있었다.

하지만 그럼에도 불구하고 사형에게 처음 들어본 '내가 잘못했다'는 말에 치기(稚氣)스러운 즐거움이 북받쳐 오르는 것은 어쩔 수 없는 일이었다.

동해천은 저만치 앞서 가는 청효자를 따라 걸어갔다.

그리고 '이제 다 온 것 같다'는 청효자의 말처럼 그들을 기다리는 것은 넓은 공터에 세워진 제법 큰 암자였다.

청효자는 암자를 보고 있었다.

문 바로 위에 달려 있는 현판에 큼지막하게 써 있는 글자가 한눈에 들어왔다.

대웅암(大熊庵).

초대 주지가 '큰 곰을 두 손으로 때려잡았다'는 장소에 세워졌기 때문에 그러한 이름이 생긴 암자였다.
하지만 그 말이 사실이든 아니든 청효자에겐 상관이 없었다.
나름대로 재미는 있었지만 관심이 가지 않았던 것이다.
지금 청효자에게 중요한 것은 어디까지나 '자신의 제자가 거기에서 울고 있을지도 모른다'는 것뿐이다. 그러나 그에게는 암자로 들어가기 전에 반드시 해야 할 일이 있었다.
청효자가 돌아섰다.

                    *   *   *

미행은 남의 뒤를 밟는 것이다.
그렇기 때문에 미행을 당하는 사람에게 자신의 종적을 들키지 않아야 한다.
자신의 종적을 들키지 않으려면 상대와 일정한 거리를 유지하는 것이 좋다. 하지만 그 간격이 너무 벌어지면 상대를 놓쳐 버릴 위험이 따르기 마련이다.

가주의 명령을 받아 청효자의 뒤를 쫓던 장무흔(長無痕)이 큼지막한 바위 뒤에서 대꼬챙이 같은 몸을 일으켰다.
그는 주위를 두리번거렸다.

아무도 없는 것을 확인한 장무흔이 바위를 밟고 날아올랐다.

장무흔이 나무 위에 올라섰다.

나뭇가지는 아무런 흔들림도 없었고 바스락거리는 소리 하나 나지 않았다.

그만큼 장무흔의 몸놀림은 가벼웠다.

장무흔은 고개를 들어 저 멀리 떨어져 있는 암자를 바라보며 미소를 지었다.

지금쯤이면 청효자는 암자에 도착해 있을 것이다.

장무흔이 무성한 나뭇잎 사이로 몸을 숨겼다.

나뭇가지 위에서 내려다본 숲 속에서 십여 개의 그림자가 움직이고 있었다.

포쾌들이었다.

장무흔은 숨을 죽이고 자신의 발 밑으로 지나가는 그들을 눈으로 가만히 지켜보았다.

포쾌들은 빠른 걸음으로 암자의 뒤쪽으로 다가가고 있었다.

암자와 거리가 점점 가까워질수록 포쾌들의 움직임은 조심스러워졌다.

장무흔은 나뭇잎 사이로 목을 길게 빼고 주위를 살폈다.

포쾌들이 발 밑을 지나간 후에는 별다른 일이 생길 기미가 보이지 않았다.

나무 위에서 사뿐히 내려온 장무흔은 다리를 약간 절면서 조금 더 깊은 숲 속으로 걸어 들어갔다.

무성한 수림 때문에 더 이상 암자가 보이지 않는 곳이다.

장무흔은 그곳에서 절뚝거리는 발을 이끌고 무언가를 계속 찾아다녔다. 그리고 그 주변을 샅샅이 살피던 그가 걸음을 멈춘 곳은 밑동이 싹둑 잘린 나무등치 앞이었다.

장무흔은 만족스러운 듯한 미소를 지으며 손으로 목리(木理:나이테)를 더듬었다.

그렇게 방향을 알아낸 장무흔은 하늘을 올려다보았다.

달이 떠 있었다.

여자의 궁둥이처럼 꽉 찬 보름달이다.

파리한 만월(滿月)을 보면서 장무흔이 품속을 뒤졌다.

품속에서 빠져나온 그의 손에는 조그만 거울 하나가 들려 있었다.

장무흔이 거울을 비스듬히 세웠다.

번쩍!

달빛이 잘게 부서졌다.

장무흔은 잠시 기다렸다.

응답이 왔다.

아주 멀리 떨어진 곳에서부터 하늘로 승천하는 하얀 연기를 보면서 장무흔의 얼굴에 떠오른 미소가 짙어졌다.

"그게 무엇인가?"

차분한 목소리.

장무흔은 깜짝 놀라며 뒤를 돌아보았다.

그의 뒤에는 언제 나타난 것인지 청효자가 나무에다 등을 비스듬히 기대고 서 있었다.

'이토록 가까이 다가올 때까지 기척조차 알아챌 수 없었다니……!'

장무흔은 등골이 서늘해지는 것을 느꼈다.

"그렇게 경계할 건 없네. 자네를 해치러 온 것은 아니니까 말일세."

청효자는 장무혼의 손에 들려 있는 거울을 쳐다보았다.

"방금 전에 그것은 당가의 가주에게 내 위치를 알리는 신호인가?"

장무혼은 마른침을 삼켰다.

그의 눈은 청효자의 얼굴에서 떨어질 줄 몰랐다.

청효자가 입가에 부드러운 미소를 지었다.

"이거 미안하게 되었네. 눈동자가 그리 심하게 흔들리는 것을 보니 꽤나 놀란 모양이구먼."

"……."

"방금 전에도 말했지만 해치러 온 것이 아니니 걱정 말게나. 아마 내가 마음먹었다면 자네는 사흘 전에 죽었을 것이네."

청효자가 지나가는 투로 가볍게 말했을 뿐이다.

그러나 장무혼은 온몸에 땀이 바짝 났다.

장무혼은 지금까지 단 한 번도 자신의 미행을 남에게 들킨 적이 없었다. 그런데 이분께서는 이미 자신의 종적을 파악하고 계셨던 것이다.

그것도 사흘 전에.

그날은 장무혼이 가주에게 명령을 받은 날이고 막 청효자의 뒤를 밟기 시작했을 때였다.

"죄, 죄송합니다."

장무혼은 턱을 덜덜 떨면서 말했다.

청효자가 손을 내저었다.

"괜찮네. 내가 여기 온 이유는 자네를 탓하려는 게 아닐세. 그저 자네에게 한 가지 부탁을 하기 위해서니까."

"…제가 할 수 있는 일이라면."

잠시 망설이던 장무흔이 고개를 크게 끄덕였다.

청효자가 빙그레 웃었다.

"고맙네."

일곱의 넷

퍽!

수도(手刀)가 늙은 승려의 목을 쳤다.

뿌드득!

목뼈는 가볍게 부러졌다.

그리고 승려는 눈을 부릅뜨고 무너지듯이 바닥에 꼬꾸라졌다.

허민오는 자신의 손으로 죽인 승려의 주름살이 가득한 얼굴을 내려다보면서 입을 열었다.

"부디… 용서하시오."

목소리는 깊은 슬픔에 잠겨 있었다.

허민오는 벌써 이 말을 '네 번씩' 이나 반복했다.

허민오가 눈을 들었다.

정면에는 커다란 금불상이 벽에 기대어앉아 있었다.

그리고 불상을 떠받치고 있는 연꽃 모양의 조각품 위에는 수십 개의 촛불이 환하게 불을 밝혔다.

불상은 아무런 말 없이 허민오를 내려다보았다.

허민오가 고개를 흔들었다.

아무리 부처가 대자대비(大慈大悲)하다고는 하지만 이런 짓을 하는 자신을 용서할 리 만무했다.

휙!

목뼈가 부러진 늙은 승려가 축 늘어져서 방의 한가운데로 날아간다.

"카오!"

그녀가 괴성을 지르며 달려왔다.

쿵쿵쿵쿵! 쿠웅!

양 무릎을 전혀 굽히지 않고 뛰어온 그녀가 승려 앞에서 그대로 엎어졌다.

그녀가 승려를 깔아뭉개고 입을 쩍 벌렸다.

그리고 그녀의 뒤쪽에는 너덜너덜한 고깃덩어리 몇 개가 핏물에 푹 잠겨 있었다.

허민오는 여기저기 흩어진 고깃덩어리들을 보았다.

그리고 그는 한 손을 가슴 앞에 세우고 고깃덩이들을 향해 고개를 살짝 숙였다.

이럴 때 나머지 한 팔이 있었다면 완전한 합장을 했을 텐데…….

못내 아쉬웠다.

허민오는 불교 신자가 아니었다.

윤회(輪廻)라는 것도 그다지 믿고 있지 않았고 내세(來世)라는 말은 정확한 뜻조차 알지 못했다.

그러나 죽은 자의 평안을 비는 것은 어디까지나 살아 있는 사람이 당연히 해야 할 일이다.

허민오가 돌아섰다.

'그녀'를 지켜보는 많은 사람 중에는 방지웅과 앵무도 끼어 있었다.

이 암자는 앵무가 죽은 오라버니들을 위해 불공을 드리러 온 곳이다.

얼마 전까지만 해도 이곳은 '암자답게' 조용했다.

노백과 첩혈대원들, 그리고 허민오와 함께 '그녀'가 들이닥치기 전까지는 말이다.

앵무는 그때까지만 해도 이러한 참상이 자신의 눈앞에서 일어난다는 것은 상상조차 해보지 않았다.

암자 안은 태풍이라도 지나간 것 같았다.

향 냄새보다 진한 피비린내가 코를 찔렀다. 그리고 시체들의 몸에서 빠져나온 내장들은 벽을 물들이는 것도 모자라 바닥에 흥건히 고인 핏물 위를 둥둥 떠다녔다.

하지만 끔찍하다는 생각보다는 놀라움이 앞선다.

벌써 네 사람째다.

저 작은 몸뚱이 속에 그 많은 '음식(?)'이 몽땅 들어갈 수 있는 것인가?

사람을 먹어치우는 '그녀'의 모습은 꼭 옛날이야기에나 나오는 아귀(餓鬼)를 보는 것만 같았다.

아귀는 기갈(飢渴)에 지쳐 음식물을 구하다 죽은 자가 귀신이 되어

버린 것을 말한다. 몸뚱이는 깡말랐지만 배가 엄청 크고 사는 곳은 염마왕(閻魔王)이 다스리는 세계로써 거기에 있는 아귀는 음식물을 구하지만 그것을 먹으려 들면 불이 되어버리므로 먹을 수가 없다. 그래서 인간 세상으로 도망쳐 나와 사람을 잡아 먹고 허기를 달랜다고 한다. 하지만 배가 엄청나게 크기 때문에 아무리 먹어도 그 허기는 영원히 채울 수가 없다고 전해진다.

앵무는 이제야 알 것 같았다.

'그녀'가 사람의 눈알을 파내서 씹고, 내장을 꺼내 먹고, 피를 빼는 것은 단지 괴물이 되어가는 '과정'에 지나지 않았던 것이다.

지금 눈앞에서 아귀처럼 사람을 뜯어 먹는 저 모습이야말로 고루노괴가 그토록 원했던 '진짜 괴물'이었다.

하지만 앵무가 오늘 아침에 이 암자로 오기 전까지만 해도 저 아이는 잠을 자고 있었다.

아무리 흔들어 깨워도 저 아이는 일어나지 않았다.

죽은 듯이 조용히 잠만 자던 아이가 난데없이 진짜 괴물이 되어 나타난 것이다.

자신이 이곳에서 오라버니들의 원혼을 달래는 동안에 무슨 일이 일어났다. 그렇지 않았다면 지금 옆에 있는 노백이 쫓기듯이 사람들을 여기로 데려오지는 않았을 것이다.

궁금한 건 또 있었다.

다행히 모든 궁금증을 풀어줄 사람이 바로 앞에 서 있었다.

허민오였다.

앵무가 그에게 물었다.

"어떻게 저 아이를 여기까지 데려온 거죠?"

허민오가 앵무를 멀뚱히 쳐다본다.

대체……

어디서부터 이야기를 꺼내야 하나?

청효자의 눈을 현혹시키고 귀빈거의 사층에서 무턱대고 뛰어내린 일부터?

아니면 자신이 땅을 밟고 맨 처음 한 일을 말해 볼까?

그 일이라는 게 지나가는 행인을 붙잡아 그녀에게 던져 준 것이라고 말한다면 과연 앵무는 어떤 표정을 지을 것인가?

'그녀'가 사람을 씹어 먹고 있을 때 귀빈거의 정문으로 빠져나오는 노백 일행과 맞닥뜨린 일을 이야기하는 건 어떨까?

이 암자까지 오는 동안 벌써 일곱 사람이 죽었다는 이야기는?

…모르겠다!

머리 속이 뒤죽박죽되어 미쳐 버릴 것만 같았다. 하지만 생각을 길게 할 시간도 없었다.

"카아아아!"

괴성을 지르며 그녀가 일어나려고 했다.

우드득!

그녀의 허리가 큰 활처럼 반대쪽으로 꺾이고 있었다.

허민오가 서둘러 주위를 둘러보았다. 하지만 방금 전에 자신이 집어던진 주장승(主掌僧)을 끝으로 암자에 남아 있는 승려는 더 이상 없었다.

이번에는 허민오가 왼쪽 벽으로 눈길을 돌렸다. 첩혈대원들이 늘어서 있었다.

*   *   *

귀빈거에서……

완전한 괴물이 된 '그녀'와 검강(劍罡)을 익힌 '괴물 같은' 청효자에게 죽은 첩혈대원들의 숫자는 모두 스물다섯이었다.

살아남은 대원들은 마흔일곱.

대장인 한비까지 치면 모두 마흔여덟 명이 암자에서 그녀가 사람을 먹어치우는 것을 지켜보고 있었다. 그리고…….

허민오가 왼쪽 벽을 바라보았을 때 첩혈대원들의 눈빛이 달라졌다. 바짝 긴장한 그들은 허리에 찬 박도(朴刀)의 손잡이를 움켜쥐었다. 허민오가 달려들면 손을 쓸 만반의 준비를 끝마친 것이다.

첩혈대원들의 얼굴을 한차례 쓸어보던 허민오의 눈길이 멈춘 곳은 팽운상의 가슴이다. 정확히 말해 그녀의 가슴에 안겨 있는 사내아이, 그러니까 당가의 후계자의 얼굴이었다.

아이의 얼굴은 새하얗게 질려 있었다.

그런데 사내아이는 공포에 떨고 있으면서도 허민오의 눈을 피하지 않았다.

아이들의 눈은 정확하다.

거짓을 모르기 때문에 더 정확한 건지도 모른다.

사내아이는 지금 고사리 같은 손으로 주먹을 틀어쥐고 허민오를 노려보고 있었다.

죄인을 문책하는 듯한 눈이다.

허민오는 그 눈이 두려워 고개를 돌려 그녀를 바라보았다.

그의 눈시울이 붉어졌다.

그녀와 함께 기련산(祁連山)에 갔더라면 좋았을 것을……

기련산에서만 난다는 그 약초를 구해 그녀에게 먹였다면 그녀가 저런 괴물이 될 리 없었을 텐데……

허민오는 그동안 그녀를 다시 사람으로 되돌려놓겠다고 몇 번이나 다짐했었다.

하지만 이제 와서 그런 게 무슨 소용이란 말인가?

늦어버린 것이다.

"하아……"

허민오는 한숨을 길게 내쉬고 눈을 감았다.

차라리 '고루노괴의 오두막'에서 그녀를 세상 밖으로 데리고 나오지 않았다면 그녀가 저런 모습이 되지는 않았을지도 모른다.

그래…….

모든 건 자신의 탓이다.

잠시 후 허민오가 다시 눈을 떴다.

허민오의 얼굴에는 비장함이 감돌았다.

그리고 허민오는 자살이라도 하려는 사람처럼 그녀를 향해 다가가기 시작했다. 등 뒤에 서 있던 노백이 그의 어깨를 세차게 잡아 끌어당기지 않았다면 허민오는 자신의 의지대로 그녀에게 잡아 먹혔을 것이다.

쿠당탕!

허민오는 바닥에 나뒹굴었고,

"무슨 짓이오!"

눈을 크게 뜬 허민오가 자신의 배 위에 올라탄 노백을 쳐다보았다.

노백은 '가만히 있어라'는 듯이 허민오를 내리누르고 손가락 하나를 세워 입술 위에 딱 붙였다. 그리고는 귀를 기울이라는 듯이 손바닥을 귀 뒤로 가져갔다.

허민오는 잠시 동안 노백의 얼굴을 쳐다보았다.

노백이 별것 아닌 일에 이렇게 예민하게 반응할 리 없다고 판단한 그는 주변에서 들리는 소리에 귀를 기울였다.

그리고 그는 아주 작은 소리를 들을 수 있었다.

탁, 타타타닥······.

처음에는 바람에 흔들리는 나뭇가지들이 서로 부딪치면서 내는 소리인가 했다.

하나 허민오는 이내 그것이 여러 사람이 아주 조심스럽게 움직일 때 들리는 발자국 소리와 비슷하다는 것을 깨닫고 황급히 고개를 쳐들었다.

노백이 고개를 끄덕이면서 허민오의 배 위에서 일어났다.

일곱의 다섯

꽝!

암자의 문짝이 부서지면서 십여 명의 포쾌들이 암자 안으로 들어왔다.

포쾌들의 손에는 짧고 굵은 몽둥이가 들려 있었다.

'새로운 먹잇감'이다!

그녀에게 의식이라는 것이 조금만 남아 있었다면 틀림없이 그렇게 생각했을 것이다.

포쾌를 발견한 '그녀'가 양 무릎을 굽히지 않고 그들을 향해 달려갔다.

막 문을 부수고 들어오던 포쾌들이 자신들을 향해 뛰어오는 그녀를 보았다.

쿵쿵쿵!

흰자위가 전혀 없는 두 눈은 새카맣고, 입가에 묻은 피가 턱을 타고 흘러내리고, 삼단 같은 긴 머리를 휘날리면서 뛰어오는 그녀의 모습은 포쾌들을 깜짝 놀라게 하기에 충분했다. 그러나…….

그들에겐 임무가 있다. 아무리 크게 놀랐어도 그 임무마저 잊어버릴 정도로 바보들은 아니었나 보다.

크게 주춤거리던 포쾌들이 몽둥이를 휘둘렀다.

하지만 그녀가 조금 더 빨랐다.

퍼억!

그녀의 정면에 서 있던 포쾌가 왔던 곳으로 되돌아갔다.

땅바닥에 뻗어버린 포쾌의 가슴은 움푹 패여 있었다. 으스러진 갈비뼈가 내장을 건드렸는지 포쾌는 피를 입으로 꾸역꾸역 게워내고 있었다.

쿵!

포쾌를 뒤쫓아온 그녀가 바로 옆에서 그를 내려다보았다.

창백하다 못해 푸르게 빛나는 그녀의 얼굴에 사이한 귀기(鬼氣)가 감돌고 있었다. 그리고 흰자위가 하나도 없는 그녀의 까만 눈동자가 묘하게 반짝거렸다.

일곱의 여섯

짧고 굵은 몽둥이 하나가 허공을 때렸다.

허민오가 허리를 숙여 곤봉(棍棒)을 피한 다음에 일어난 일이다.

휘이이잉―

묵직한 바람 소리가 들렸다.

머리끝이 쭈뼛 곤두섰다. 그러나 허민오는 이미 옆으로 퉁기듯이 이 장쯤 물러나 있었다. 정면에서 곤봉을 휘두르는 포쾌를 대단하게 여긴 것은 아니었다. 단지 그와 함께 등 뒤를 노리고 날아와 허리를 부숴 버리고 싶어하는 또 다른 곤봉을 그대로 맞이할 맘이 없었을 뿐이다.

허민오는 문밖으로 시선을 돌렸다.

땅바닥에 큰대 자로 뻗어 있는 포쾌가 거기에 있었다. 그리고 그녀가 포쾌를 덮치는 광경도 보았다.

다행이라는 생각이 들었다.

적어도 그녀가 포쾌를 뜯어 먹는 동안에는 아무런 일도 일어나지 않을 것이기에.

허민오는 자리를 살폈다.

오른쪽으로 고개를 돌리자 방금 전에 자신을 공격했던 두 명의 포쾌가 그를 멍청히 쳐다보고 있다. 그리고 그들의 뒤쪽에는 일곱 명의 포쾌에게 둘러싸여 있는 노백을 볼 수 있었다.

*　　　　*　　　　*

무공은 스승이 전부다.

어떤 사람들은 책을 보고 무공을 익혔다느니, 혹은 고승(高僧)처럼 오랜 세월 동안 참선(參禪)을 해서 무공을 익혔다고 말한다.

하지만 그것은 헛소리에 지나지 않는다.

천하에 존재하는 모든 무공의 원류(原流)인 소림사(少林寺)에서조차 무승(武僧)과 선승(禪僧)의 역할이 완전히 다르다는 것이 좋은 본보기다.

물론 책을 보고 무공을 익힐 수 없다는 말은 아니다.

그러나 그것이야말로 현실적으로 불가능에 가까운 것.

책 속에 '함축되어 있는 오묘한 수법을 하나도 빠짐없이 이해한다'는 것은 극소수의 천재만이 가능한 일이니까.

노백은 천재가 아니었기에 노력했다.

그는 수하들에게 머리를 숙이면서까지 무공을 배우고 익혔다.

하지만 노력만으로 사천 땅의 노백은 될 수 없다.

간단한 이야기다.

실전은 서로 간의 기량을 겨루는 비무가 아니다.

재수가 없어 돌부리에 걸려 넘어진 상대를 일으켜 세우기는커녕 그 자리에서 마구 찔러 죽일 수도 있고 여러 명이 한 사람을 집중공격할 수도 있는 것이다.

비겁하다는 말은 통하지 않는다.

다시 말해서 '살아남기만' 하면 되는 게 실전이고 그것이 바로 싸움이다.

다행히 노백은 언제나 살아남을 수 있는 수단을 생각하면서 살아왔다. 그래서 죽을 고비를 몇 번이나 넘기고도 결국엔 살아남아 오늘날에는 사천 땅의 노백이 될 수 있었던 것이다.

포쾌들에게 둘러싸여 있는 지금도 노백은 살아남을 방도를 생각하고 있었다. 싸움을, 그리고…….

노백이 먼저 움직였다.

땅딸막한 체구를 가진 노백이 정면에 있는 포쾌를 향해 그대로 쏘아져 나가자 마치 커다란 공이 사람을 덮치는 듯한 착각이 들었다.

선제공격(先制攻擊).

노백이 내린 결론이다.

'맨 처음 한 방'이란 말도 있듯이 싸움에서 선제공격은 중요한 의미를 갖는다.

아니, 모든 것이라고 해도 과언이 아니다.

                    *   *   *

두 명의 포쾌가 허민오에게 달려들었다.

방금 전까지 허민오를 멍청히 쳐다보고만 있던 그자들이다.

허민오는 그들의 모습이 꼭 불을 향해 달려드는 나방 같다는 생각을 했다.

그는 더 이상 의미없는 살인만은 하고 싶지 않았다. 피할 수 있다면 피하는 게 상책이다. 오늘은 너무 많은 사람이 자신의 손에 죽임을 당했으니까.

허민오가 등 뒤를 힐끔 돌아보았다. 그리고 그의 눈이 아주 야릇하게 빛났다.

허민오의 뒤에는 앵무와 방지웅이 서 있었다.

앵무를 호위하듯이 그녀 앞으로 걸어나오는 방지웅의 손에는 쇠막대가 하나가 들려 있었다.

방지웅의 오른손에 힘이 들어가자,

채앵―

무쇠 단봉(短棒)에서 아주 얇은 칼날이 튀어나왔다.

사람이라는 동물은 신기하게도 어떤 때는 극히 짧은 시간 동안 꽤 많은 생각을 할 수가 있다.

허민오가 지금 그랬다.

바로 앞에서 포쾌들이 곤봉을 휘두르며 달려오고 있는데도 그는 방지웅과 앵무를 보면서 참 한가한 생각을 하고 있었다.

여기 서 있는 세 사람은 하나의 공통점을 가지고 있었다.

바로 한쪽 손이 없는 것.

앵무는 자신의 손으로 오른손을 잘라냈고 방지웅과 허민오는 자신의 의지와는 전혀 상관없이 왼팔이 녹아 없어지거나 뜯겨져 나간 것이다.

허민오가 희미하게 웃었다.

참 묘한 인연이라는 생각이 들었다.

그러고 보니 불가에선 이승에서 만난 두 사람이 옷깃만 스쳐도 전생에선 팔만 사천 번이나 만났다고 했던가?

모르겠다.

어차피 허민오는 불교 신자도 아니었으니까.

다시 고개를 똑바로 했을 때 그 두 포쾌는 이미 허민오의 코앞에서 곤봉을 휘두르고 있었다.

획—

가볍게 뒤로 물러나면서 두 개의 곤봉을 피해 버린 허민오는 또 다른 생각을 했다.

허민오가 처음 보법(步法)과 경신술(輕身術)을 배울 때 그의 사부는 이렇게 말했었다.

만약 두 사람이 앞을 가로막는다면 그들 두 사람 사이로 들어가야 한다고.

확실히 맞는 말이다.

사람이 둘이라면 반드시 그들 사이에는 빈틈이 생기기 마련이니까.

허민오의 발놀림이 빨라졌다.

전력을 다해 움직이는 허민오를 따라잡을 수 있는 사람이 세상에 없는 것은 아니지만 적어도 그의 앞에서 곤봉을 휘두르는 포쾌들은 아니었다.

쓰스윽……

포쾌 둘 사이로 거침없이 파고들어 간 허민오가 유령 같은 몸짓으로 그들 두 사람 사이를 빠져나왔을 때,

빠각!

허민오는 뼈가 부러지는 소리와 함께 노백의 정면에 있던 포쾌가 휘청거리면서 쓰러지는 것을 보았다.

포쾌는 자신의 다리를 붙잡고 땅바닥에서 데굴데굴 굴렀다.

툭…….

그리고 허민오의 발에 무언가가 닿았다.

고개를 숙인 허민오는,

"하아……."

한숨을 길게 내쉬었다.

작은 모자를 삐딱하게 쓰고 있는 머리통 하나가 그의 발치에 놓여 있었다.

…누구를 탓하랴.

어차피 예도를 꺼내 드는 방지웅을 보았을 때부터 이렇게 될 것을 예감했던 것을.

허민오가 고개를 들었다.

눈앞에 펼쳐진 상황이 조금 변해 있었다.

정면에 있던 포쾌의 다리를 간단하게 부러뜨린 노백이 암자의 문 쪽으로 달려나가고 있었고 남아 있는 포쾌들이 그의 뒤를 쫓아갔다.

허민오는 다시 한 번 노백에게 감탄했다.

실전에선 줄행랑을 치는 것도 어엿한 기술이다. 정확히 말해 도망치는 시늉을 하는 것이다.

지금처럼 노백이 도망을 치게 되면 숫자가 많은 포쾌들은 당연히 그를 쫓아가겠지만 사람마다 달리는 속도가 다르니까 자연히 발이 빠른 사람부터 순서대로 노백의 뒤를 쫓아가기 마련이다.

기회는 바로 그때다.

노백이 잽싸게 뒤돌아서서 포쾌를 공격하고 다시 암자의 문을 향해 달려나간다.

이때 그의 쫓아오는 포쾌들의 숫자는 하나 아니면 둘.

노백 정도 되는 실력자라면 어렵지 않게 포쾌들을 요리할 수 있을 것이다.

이것을 계속 반복하다 보면 어느새 포쾌들은 전멸, 혹은 모두 따돌리고 노백은 무사히 살아남게 되는 것이다. 그리고……

허민오의 예상처럼 노백이 포쾌들을 향해 돌아섰다.

*　　　　*　　　　*

뿌득―

손목과 팔꿈치 사이, 그러니까 하박(下膊)이 포쾌의 목을 강타하자 뼈 부러지는 소리와 함께 그자는 뒤쪽으로 날아갔다.

노백은 다시 돌아서서 암자의 문을 향해 달렸다.

한데 줄행랑을 치던 노백이 갑자기 암자의 문 앞에서 딱 멈춰 서는 것이 아닌가?

노백이 고개를 돌려 허민오를 쳐다보았다.

영문을 모르겠다는 표정을 짓고 있는 허민오에게 노백은 서둘러 눈짓을 보냈다.

그리고 노백은 자신의 뒤를 바짝 쫓아온 포쾌를 향해 돌아섰다.

*　　　　*　　　　*

노백의 시선을 따라 암자의 문밖으로 눈길을 돌린 허민오가 몸을 흠 칫 떨었다.

사람 하나가 이쪽으로 뚜벅뚜벅 걸어오고 있었다.

청효자였다. 그의 손에 들려 있는 송문검 주위로 푸른 빛이 감돌고 있었다.

허민오의 가슴이 뛰기 시작했다.

청효자는 허민오에게 안부라도 묻듯이 살짝 고개를 숙였다.

그리고 청효자는 포쾌를 깔아뭉갠 그녀를 바라보았다.

청효자는 그녀를 죽이기로 마음먹은 듯했다. 그렇지 않고서야 그의 얼굴이 대나무 잎처럼 푸르게 변할 리 없었다.

그 순간 허민오의 몸이 자연스레 움직여졌다.

막 허민오가 그녀에게 날아갈 찰나,

꽈아아아아앙!

거대한 쇳덩이에 얻어터진 것처럼 암자 전체가 크게 한 번 흔들렸 다.

허민오가 휘청거리면서 주저앉았다.

그리고 문밖으로 날아가지 못한 허민오는 서둘러 폭음이 들린 곳을 돌아보았다.

암자의 왼쪽 벽이 그대로 허물어져 있었다.

방금 전까지 그곳에 서 있던 첩혈대원들이 자욱한 먼지 사이로 사라 졌다.

잠시 후 먼지가 가라앉았다.

첩혈대원들은 여전히 그곳에 서 있었다.

다만 달라진 것은 그들이 아까와는 반대 방향, 그러니까 허물어진 벽 쪽으로 돌아서 있다는 것뿐이다.

허물어진 벽 앞에는 포쾌들이 잔뜩 늘어서 있었다.

그리고 포쾌들의 가운데에는 동해천이 대략 스무 명 정도 되는 포두들과 함께 있었다.

동해천이 천천히 말했다.

"너희들을 데려가기 위해서 왔다."

그리고는 눈앞에 늘어서 있는 마흔여덟 명의 첩혈대원들을 대강 훑어보았다.

"오랜만에 뵙는 분이구나."

한비는 바로 뒤에 서 있는 팽운상을 돌아보면서 씨익 웃었다.

"그래요."

대답은 그렇게 담담하게 했지만 팽운상의 얼굴은 딱딱하게 굳어 있었다.

한비는 씽긋 웃으면서 다시 동해천을 보았다.

"영감께서는 잘 계셨습니까? 한데……."

안부를 묻듯이 말을 꺼낸 한비가 손을 들어 동해천이 입고 있는 파란 관복을 가리켰다.

"영감이 입고 계신 그 옷 말입니다."

"뭔가?"

"대체 얼마나 하는 겁니까?"

동해천의 눈살이 저절로 찌푸려졌다.

한비(寒匕)라는 이 남자……

참 이상한 사내다.

도대체가 지금 자신이 어떠한 입장에 처해 있는지 도통 모르는 것 같았다.

그러고 보니 저 사내를 처음 만났을 때도 저랬다.

그날 한비는 자신을 잡으러 온 동해천에게,

"거기서 잠시만 기다려 주십시오. 아직은 이 사람과 거래가 끝나지 않았으니……."

그러면서 자신이 가지고 있던 폭약을 태연하게 몽고인에게 넘겨주고 돈까지 받아 챙기고 있었다.

옛일을 생각하면서 동해천은 자신의 옷을 쓰다듬었다.

비단 특유의 부드러운 감촉을 고스란히 느끼며 동해천이 말했다.

"최고급 옷감이니 아마 두 냥은 족히 되겠지."

"흠, 비싸군요."

고개를 주억거리던 한비가 다시 말했다.

"부탁 하나 해도 되겠습니까?"

"뭔가?"

"그 옷, 나에게 주십시오."

그 담담한 말투 때문에 어안이 벙벙해진 동해천은 잠시 동안 한비를 쳐다보았다.

그리고 동해천의 목소리가 조금 높아졌다.

"네놈이 감히 나를 능멸이라도 하겠다는 게냐? 이 옷은 황제 폐하께서 하사하신 소중한 옷이다. 네놈 같은 죄인이 함부로 탐을 낼 물건이 아니다!"

"어, 조금 이상하네요. 우리가 뭘 그리 잘못했기에 죄인 취급을 하는 거예요?"

두 사람의 이야기를 묵묵히 팽운상이 끼어들었다.

모든 사람들이 팽운상을 쳐다보았다.

팽운상은 자신의 품에 안겨 있는 사내아이를 내려놓았다.

아이는 그녀를 올려다보았다.

팽운상이 사내아이를 내려다보면서 말했다.

"저쪽으로 가 있으렴."

사내아이는 조금 망설이는 듯하더니 이내 그녀를 향해 허리를 숙였다.

"고맙습니다."

한 자도 틀리지 않고 또박또박 말하는 사내아이가 너무나도 귀여워서 팽운상은 미소를 지었다.

아마 사내아이는 알고 있었나 보다.

폭음과 함께 왼쪽 벽이 허물어질 때 팽운상은 잔뜩 웅크리고 자신의 몸으로 날아오는 돌멩이들을 막았다. 사내아이가 다치지 않게 하기 위해.

사내아이가 돌아섰다.

팽운상은 암자의 뒷벽에 안치된 금불상 쪽으로 걸어가는 사내아이를 지켜보았다.

아이는 불상 밑에 쪼그리고 앉았다.

"저 아이가 당가의 자식이냐?"

동해천이 불쑥 물었다.

그제야 팽운상이 동해천에게 고개를 돌리고 말했다.

"영감하고 상관없지 않나요?"

"왜 상관이 없다는 것이냐? 문파에 직접적인 관여는 하지 않아도 내가 엄연히 그 아이의 사숙(師叔)인데……."

동해천의 대답은 팽운상으로 하여금 무의식적으로 사내아이를 쳐다보게 만들었다.

사내아이도 의외였는지 이쪽을 바라보았다.

아이의 또랑또랑한 눈은 호기심을 잔뜩 담고 있었다.

"저 아이의 표정을 보니 영감을 한 번도 만나지 못했던 모양이군요."

팽운상은 말을 계속했다.

"그보다 어서 말씀이나 해주세요. 우리가 무엇을 그렇게 잘못했나요? 다 죽어가는 부하 놈을 살리기 위해 의원을 데려오려고 창고에서 썩어 나가는 폭약 몇 개 팔아먹은 게 그렇게 잘못이란 말인가요?"

말과 함께 팽운상이 한비 앞으로 걸어나왔다.

한비는 이런 일이 한두 번이 아니라는 듯이 한 걸음 옆으로 물러섰다.

동해천이 조금 큰 소리로 말했다.

"잘못이다!"

팽운상은 고개를 갸웃거리며 이렇게 되물었다.

"어째서죠? 부득이한 경우 때문에 일어난 일을 가지고 너무 깐깐하게 구시는 것 아닌가요?"

"부득이한 경우……. 내가 말하는 건 그런 일을 말하는 게 아니다."

"그 일이 아니라면 무엇이 문제라는 건가요?"

"나는 어디까지나 원칙을 이야기하고 있는 것이다."

"원칙? 무슨 말씀이신지 도통 모르겠어요."

팽운상이 어깨를 으쓱거렸다.

동해천은 그녀를 가만히 쳐다보았다. 위엄이 가득한 눈빛, 많은 사람을 다스려 본 자만이 낼 수 있는 관리의 힘이 고스란히 느껴지는 눈빛이었다.

"군대(軍隊)에도 법이 있다!"

팽운상이 움찔거리며 뒤로 한 걸음 물러났다.

'군대'라는 말에 반응했다기보다는 동해천의 그 눈빛과 관리 특유의 힘있는 말투에 그만 순간적으로 압도당해 버리고 만 것이다.

하나 이내 그녀는 자신의 실태를 깨닫고 앞으로 걸어나갔다.

두 걸음…….

더 이상 뒤로 물러서지 않겠다는 나름대로의 다짐이다. 그리고 그녀가 담담하게 입을 열었다.

"알고 있어요."

"너희는 그 법을 어겼다. 동의하느냐?"

"동의…….'"

말끝을 길게 끌면서 팽운상이 한비를 돌아보았다.

한비가 고개를 가로저었다.

팽운상은 희미하게 미소 지었다.

그리고 그녀가 다시 동해천을 쳐다보았을 때 그녀의 얼굴은 딱딱하게 굳어 있었다.

"영감의 그 말씀에는 동의 못하겠어요."

팽운상의 대답은 한 점 흔들림도 없었다.

그러자 동해천의 입에서 추상 같은 불호령이 떨어졌다.

"괘씸한……! 네놈들은 정녕 스스로가 저지른 과오를 모른단 말이냐!"

동해천의 얼굴에서 웃음이 싹 사라졌다.

"좋다. 그 문제에 관해서 이야기해 보자. 우선 너희들의 부하가 다친 건 안된 일이다."

"……"

"하지만 너희들은 그 일을 우선 상부에 보고했어야 했다. 그런 후에 정식으로 제대로 된 절차를 밟아서 그 부하를 살려낼 생각은 왜 하지 못했느냐?"

"우리가 상부에 보고를 안 했다고 누가 그러던가요?"

"그럼 보고를 했단 말이냐?"

"니미럴……!"

팽운상의 입에서 욕설이 터졌다.

여인의 입에서 저토록 험한 욕이 나올 줄은 예상도 못했기 때문에 동해천은 멍하니 그녀를 쳐다보았다.

"죄송해요. 버릇이라서……"

고개를 까닥거린 팽운상이 다시 말했다.

"영감의 말씀대로 저희들도 군인이에요. 그런 우리가 상부의 명령을 받지 않고 일을 할 때는 그만한 이유가 있다는 생각은 왜 안 하세요?"

"……"

"당연히 보고는 했죠. 다시 한 번 말하지만 저희들도 군인이란 사실을 명심해 주시면 고맙겠어요. 하지만 어이없게도 잘난 윗분은 그러시더군요. 국경에서 한두 놈 죽어 나가는 게 뭐 그리 대수로운 일이라고 떠드느냐고. 이런 하찮은 일은 너희들이 알아서 하라고 말이에요."

"난 그런 보고를 받은 기억이 없다."

"영감은 우리들이 지키는 장성(長城)이라는 데가 어떤 곳인지 아세요? 그리고 그곳으로 오시는 윗분이란 분들이 얼마나 썩었는지도 영감께서는 아시는지?"

"지금 그 말은……?"

"아마 영감의 생각과 크게 다르지 않을 거예요."

동해천은 계속 말해 보라는 듯이 그녀를 쳐다보았다.

팽운상이 고개를 살짝 흔들었다.

"구질구질한 이런 이야기는 이제 그만둬요. 다만 한 가지 이해하지 못하는 게 있어요."

"무엇이냐?"

"저는 왜 영감께서 그러시는지 잘 모르겠어요. 이제껏 다들 그렇게 살고 있었어요. 물론 그 일을 들킨 적도 있어요."

다분히 의도가 깔려 있는 말이었다.

이때까지 몇 번이나 상관들이 눈치 챘지만 그들은 모두 알게 모르게 눈을 감아주었다. 그런데 왜 유독 당신만이 고지식하게 그 일을 따져서 이렇게 일을 크게 만든 것이냐. 나로서는 도저히 이해할 수 없다라고 하는…….

동해천은 그녀를 노려보았다. 팽운상의 말뜻을 이해 못할 정도로 동해천은 어수룩하지 않았다. 그래서 그는 크게 웃었다.

"하하! 네가 지금 나를 가르치려 드는 게냐."

"제가요? 어찌 감히……."

팽운상은 그렇게 얼버무렸지만 그녀의 표정은 아무런 변화가 없었다.

자신이 하고 싶은 말은 다 했다.

이제 동해천의 대답만 기다리면 되는 것이다. 그리고 동해천은 이렇게 말했다.

"아무리 그런 일이 있었어도 너희들이 군대의 법을 어겼다는 것은 변하지 않는다. 또한 너희들은 관아로 압송당하는 중에 관인(官人)들을 죽였다."

팽운상은 씁쓸하게 웃었다.

세상에서 가장 상대하기 어려운 사람이 미친놈과 융통성없는 사람이라는 것을 그녀는 실감했다.

자신이 한심하다는 생각도 들었다.

이런 벽창호를 상대로 더 이상 떠들어봐야 소용없을 것만 같았다.

하지만 그녀는 말을 하고 있었다.

"그 문제라면 간단한 이야기예요."

이대로 아무런 말을 하지 않으면 자신들은 그저 죄인으로만 기록될 것이다.

변명이라고 손가락질해도 좋았다. 그렇지만 단 한 사람만이라도 자신들이 무엇 때문에 그런 일을 해야만 했었는지 '그 이유'를 알아주길 바랬던 것이다.

동해천이 물었다.

"무슨 소리냐?"

"영감께서 하시는 일이 무엇인가요?"

"법을 지키고 죄인을 잡아들이는 것이다."

"그래요. 그럼 우리들이 하는 일이 무엇인지 아시나요?"

"너는 나를 상대로 자꾸 말장난이라도 하려는 것이냐? 너희들이 해야 할 일은 나라와 백성을 지키는 것이다."

팽운상은 아무런 말 없이 동해천을 쳐다보았다.

동해천도 마찬가지였다.

잠시 후 팽운상이 고개를 끄덕였다.

"그래요. 그것이 가장 이상적인 군대의 본분이지요. 하지만 너무 거창하시네요."

"나는 네가 무슨 말을 하려는지 모르겠다."

"별것 아니에요. 다만 불행히도 그렇게 생각하는 사람은 여기 없다면 믿겠어요?"

"듣겠다. 계속해 보거라."

"감사해요. 그러니까 저희들이 하는 일……."

팽운상은 한비를 힐끔 돌아보고 말했다.

"이 사람이 해야 할 일은 어떤 상황에서든 부하들을 하나라도 살려내는 것이고 부하들의 경우는 그 반대의 일이에요. 그것이 우리가 할 일이란 말이죠. 다시 말해서 대장이 잡혀가는데 가만있을 사람은 여기에는 없어요."

"너희들이 사람을 죽었는데도?"

"물론이죠. 그래서요? 달라지는 건 없잖아요. 다시 한 번 이 사람이 잡혀간다 해도 우리는 똑같은 일을 할 거예요."

"지금 그 말은 너희들이 저지른 잘못을 정당화시키려고 하는 변명밖에 안 되는 것을 잘 알고 있느냐?"

"그건 영감께서도 마찬가지 아닌가요?"

"흠, 흘려들을 수 없구나."

"상황이 그렇잖아요? 영감이 하시는 일 때문에 지금 여기서는 사람들이 죽어 나가고 있어요. 혹시 그런 건가요? 영감께서 하는 일은 이유를 불문하고 무조건 옳고 남이 하는 일은……."

팽운상은 할 말을 다 마치지 못했다.

이제껏 그녀의 뒤에서 두 사람의 대화를 조용히 듣고만 있던 한비가 자신의 어깨를 붙잡았기 때문이다.

한비는 이렇게 말했다.

"말이 길어지는군요. 그래서… 영감은 우리들을 어떻게 할 생각이십니까?"

동해천이 미간을 살짝 찌푸렸다.

"그걸 몰라서 묻는 게냐. 당연히 너희들을 압송해서 관아로 끌고 갈 생각이다."

"다음은?"

"너희들은 법을 어기는 것도 모자라 사람을 죽이고 달아났다. 그 대가는 당연히 참수(斬首)다. 그리고 네놈들이 여기서 또 도망을 친다면 주살(誅殺)만이 합당한 보상이겠지."

"전과 같군요. 하면 영감께서는 하늘이 무너져도 우리를 잡아가야겠다는 겁니까?"

"물론!"

동해천이 단호하게 고개를 끄덕였다.

한비가 씨익 웃었다.

"바로 그겁니다."

"……?"

"영감께서는 나름대로 생각하시는 그 잘난 '정의'를 위해 우리를 포박하시고 우리는 그저 살기 위해 칼을 휘두르면 되는 겁니다. 그러면 될 것을 무슨 말이 그렇게 많으십니까."

말을 마친 한비가 손을 들어 두어 번인가 흔들었다.

한비의 손짓이 무엇을 뜻하는지 팽운상은 금세 알아차렸다.

팽운상이 방패 뒤쪽에서, 그러니까 왼쪽 겨드랑이에 끼워둔 투구를
꺼내 머리에 뒤집어썼다.

팽운상의 아름다운 얼굴이 차가운 쇳덩이 속으로 사라진다.

그녀가 허리에 차고 있던 박도를 뽑아 들고 한 걸음 앞으로 걸어나
왔다. 그리고 그녀를 따라 마흔여섯 명의 첩혈대원들도 하나둘씩 움직
이기 시작했다.

*　　　　　*　　　　　*

한편 첩혈대를 지켜보던 허민오는 팽운상이 사내아이를 내려놓는
것을 보았다. 그리고 불상 밑에 쭈그리고 앉은 아이는 자신의 사부가
문밖에 있는 것을 모르는 것 같았다.

허민오가 암자의 문밖을 돌아보았다.

청효자는 어느새 '그녀' 앞에 서 있었다.

포쾌를 뜯어 먹고 있는 그녀를 내려다보는 청효자의 두 눈은 무심할
뿐이다.

허민오가 움직였다.

그러나 곧장 문밖으로 달려갈 것 같았던 그는 불상 밑에 있는 사내
아이를 향해 날아갔다.

깜짝 놀라는 사내아이를 보면서 허민오가 손을 뻗었다.

청효자는 그때 포쾌의 살점을 뜯어 먹는 '그녀'를 보면서 다른 생각을 하고 있었다.

자신의 생각은 틀리지 않았다.

발 밑에 있는 이 계집아이는 마물(魔物)이 틀림없다.

검문산으로 오면서 보았던 일곱 구의 시신과 암자 안에 여기저기 흩어져 있는 살점과 뼛조각, 그리고 핏물 위를 둥둥 떠다니는 내장이 그것을 증명해 주고 있었다.

만약 이 아이가 살아 있으면 더 많은 사람들이 죽어 나갈 것이다.

청효자가 결심을 한 듯이 송문검을 들었다.

이 마물을 막을 수 있는 사람은 현재 자신뿐이다.

송문검으로 그녀의 목을 내려치기만 하면 더 이상 이 마물이 사람을 죽일 수는 없을 것이다.

하지만 청효자는 귀빈거에서처럼 '그녀'의 목을 향해 검을 내려칠 수가 없었다.

"그 아이를 그대로 놔둘 수는 없겠습니까?"

"사, 사부님……."

늙수그레한 음성과 울먹이는 목소리가 들린 곳으로 돌아선 청효자의 인상이 차가워졌다. 문 앞에 서 있는 두 사람을 발견한 그는 더 이상 '그녀'에게 신경을 쓸 수가 없었다.

귀빈거에서 요상한 사술(邪術)로 자신의 눈을 어지럽히고 도망쳤던 이름 모를 노인의 앞에 서 있는 자신의 제자는 부들부들 떨면서 머리 위를 올려다보고 있었다. 청효자의 눈이 가늘어지면서 새하얀 광망이 폭사되었다.

허민오의 손바닥은 사내아이의 연약한 머리 위에 있었다.

언제라도 이 머리통을 깨부술 수 있다는 무언의 협박이었다.

주름진 허민오의 손을 올려다보면서 사내아이는 암자 안에서 있었던 일들을 떠올리고 있었다.

저 손이 한 번 움직일 때마다 스님들이 죽어 나갔다.

스님들은 '그녀'에게 던져졌다.

사내아이는 가슴이 터질 것만 같았다.

금세라도 자신이 그 스님들처럼 축 늘어진 채 그녀 앞에 내동댕이쳐질 것만 같았다. 하지만…….

'사부님이 어떻게든 해줄 거야.'

사내아이는 문밖에 서 있는 사부님을 굳게 믿고 있었다.

왜냐하면 자신의 사부는 이 세상에서 제일 센 사람이니까.

청효자와 허민오는 서로를 바라보고 있었다.

허민오의 이마에는 땀방울이 송골송골 맺혔다. 금세라도 청효자가 자신에게 검을 휘두를 것 같았다.

'괴롭다…….'

난생처음 느껴보는 감정이었다.

거대한 바윗덩어리가 내리누르고 있는 것처럼 숨이 막히면서 현기증이 일어났다.

입 안이 바짝 타 들어가고 있었다.

그러나 허민오는 침을 삼킬 수도 없었다. 아주 사소한 빈틈이라도 상대에게 보여줄 수 없었다. 그의 눈앞에 서 있는 사람은 청효자, 바로 천하제일인이니까.

다행히 청효자가 송문검을 거두어들였다.

그리고 대나무 잎처럼 푸르게 변했던 청효자의 얼굴이 본래대로 돌아왔다.

허민오는 그제야 이마에 맺힌 땀을 닦아낼 수 있었다.

"노인장의 이름은 무엇이오?"

청효자가 물었다.

허민오는 떨리는 가슴을 겨우 진정시키고 청효자의 얼굴을 지그시 바라보았다.

그리고 허민오가 이렇게 말했다.

"천하제일인께서 나 같은 하찮은 노인네의 이름을 알아서 무엇 하시겠습니까?"

"하찮다니……."

청효자가 빙그레 웃었다.

"노인장께서는 스스로에게 자부심을 느끼고 계셔도 좋소. 자랑은 아니지만 지금껏 내가 하고자 하는 일을 두 번씩이나 방해한 사람은 노인이 유일한 사람이니까. 다시 한 번 물어보겠소이다. 노인의 이름은?"

청효자가 허민오의 대답을 기다렸다.

"하아……."

허민오가 한숨을 내쉬었다.

조금은 집요한 청효자의 질문이, 그리고 자신을 빤히 쳐다보는 그의 두 눈이 부담감으로 변한 것이다.

허민오가 천천히 말했다.

"그래도 군이 알고 싶으시다면 그냥 허가(虛哥)로 기억해 주시면 고맙겠습니다."

"허 노인이라……."

고개를 주억거리던 청효자가 다시 입을 열었다.

"허 노인은 고루노괴라는 사람을 알고 있소?"

허민오의 안색이 딱딱하게 굳었다.

이 세상에서 자신보다 그 사람을 잘 아는 자가 또 있을까?

한 사부 밑에서 컸고 같은 일을 했으며 끝내 자신의 손자까지 죽였던 사람…….

그러나 허민오는 딱 잘라 말했다.

"그런 사람은 모릅니다."

청효자는 그저 빙그레 웃을 뿐이다. 그는 더 이상 아무것도 묻지 않았다.

대신 청효자는 다른 이야기를 꺼냈다.

"내가 고루노괴를 만난 것은 십삼 년 전이오. 그해에 나는 어쩌면 두 번 다시 무공을 펼칠 수 없을지도 모르는 상태가 되어버렸소."

허민오는 깜짝 놀랐다.

'저 사람이 누군가에게 호되게 당해서 몸을 가누지 못하는 상태가 되기라도 했단 말인가?'

일곱의 일곱

"나는 주화입마(走火入魔)에 빠졌던 거라오."

허민오는 무언가를 골똘히 생각하는 듯했다.

상식적으로 생각해 보자. 청효자 같은 거물(巨物)이 주화입마에 빠진 것은 엄청난 일이 아닐 수 없다.

만약 십삼 년 전에 실제로 그런 일이 일어났다면 당연히 그에 대한 소문은 눈덩이처럼 불어났을 것이고 세상 사람들은 듣고 싶지 않아도 들어야 했을 것이다.

그 속에는 허민오도 끼어 있어야 했다. 그러나 아무리 기억을 더듬어보아도 그런 이야기를 들었던 일은 생각나지 않았다.

청효자가 빙그레 웃었다. 모든 것을 짐작하고 있다는 듯이.

그리고 그의 입에서 아무도 모르는 숨겨진 이야기 하나가 흘러나왔다.

*   *   *

그 여인의 나이는 스물아홉이었다.

여자 나이로는 환갑이 넘었지만 그래도 죽기에는 아직 이른 나이였다.

장례식은 화려했다.

부고(訃告)를 듣고 찾아온 조문객(弔問客)은 끊이지 않았다.

하지만 장례식에 찾아온 손님들이 보고 싶었던 '그 사람'은 보이지 않았다.

아쉬움을 뒤로하고 사람들은 장례식에 참석했다.

사람들은 그가 여인을 잃은 슬픔 때문에 괴로워서 장례식에 참석하지 않은 것이라 생각했던 것이다.

그리고 여인이 들어 있다는 관은 단 한 번도 열리지 않은 채 불에 탔다.

한 번도 열리지 않은 관이 불에 타고 있을 때 청효자는 자리에 누워 있었다.

청효자의 앞에는 관이 하나 벽에 기대어 비스듬히 세워져 있었고 관 안에는 여인이 눈을 부릅뜨고 누워 있었다.

청효자는 고개만 돌린 채 여인을 멍하니 쳐다보고만 있었다.

'지금쯤이면 아마도 아무것도 들어 있지 않은 빈 관이 불에 타고 있겠지…….'

청효자가 눈을 감았다.

누이동생의 시신이 발견된 곳은 뒷산이었다.

그녀는 벌거벗겨진 채 나무에 목을 매달고 있었다. 그리고 하혈(下血)의 흔적이 있었다.

누가 보아도 사인은 간단히 알 수 있었다.

…간살(姦殺)이다.

누이의 시신을 보고 청효자는 몇 번이나 검은 피를 토했다.

쓰러져 정신을 잃을 때까지 계속해서…….

청효자가 정신을 차린 것은 사흘이나 지나서였다.

눈을 뜬 그가 맨 처음 본 것은 시커먼 관이었다.

청효자는 망연자실했다.

단순히 기분 나쁜 꿈이라 생각하고 눈을 떴다. 틀림없이 누이동생이 문을 열고 들어와 차 한 잔을 따라줄 것이라 굳게 믿고 있었는데.

하지만……

관 앞에 있는 위패에 새겨진 선명한 이름 하나.

꿈이 아닌 모양이다.

죽은 남편 몫까지 열심히 살 것이라고 말하면서 쌩긋 웃고 있는 모습이 아직도 눈에 선한데…….

청효자는 다시 한 번 자신의 눈으로 누이동생의 죽음을 확인해 보고 싶었다.

그러나 청효자는 몸을 움직일 수가 없었다.

조금이라도 움직이면 단전 부위가 찢겨져 나가는 듯한 통증이 찾아왔다. 그리고 그는 자신이 당분간 무공을 펼칠 수 없다는 사실을 깨달았다.

청효자의 몸 상태에 대해선 철저하게 함구령이 내려졌고 누이의 장례식은 안에 아무것도 없는 빈 관으로 치러졌던 것이다.

장례식이 끝나고 칠 일째 되던 날 청효자는 겨우 몸을 일으킬 수 있었다. 그때까지 관은 그의 앞에 놓여 있었다.

청효자는 관 뚜껑을 밀어서 열었다.

눈물이 왈칵 쏟아졌다.

안색이 창백한 여인은 반듯하게 누워 있었다. 그녀의 부릅뜬 눈이 청효자를 보았다.

청효자는 관을 끌어안고 통곡했다.

이 녀석만큼은… 이 착한 녀석은 이렇게 허망하게 죽어서는 안 된다.

다음날 아침.

청성파의 대문에는 봉문(封門)을 알리는 팻말 하나가 걸렸다.

표면적인 이유는 누이동생의 죽음으로 인해 실의에 빠진 장문인이 잠시 여행을 떠났다는 것이다.

거짓말은 아니었다.

청효자는 그때 호위(護衛) 두 사람을 데리고 길을 떠났다.

그들 세 사람은 누이동생의 시체를 들고 '어떤 사람'을 찾기 위해 호광성(湖廣省)으로 가고 있었다.

청효자가 고루노괴를 만난 곳은 무창(武昌)이었다.

그는 고루노괴에게 자신의 누이동생을 다시 살려달라고 간곡히 부탁했다.

청효자는 누이동생에게 한마디만 듣고 싶었다.

도대체 누가!

착한 그녀를 강간하는 것도 모자라 죽이기까지 했는지 범인의 이름을 알아내고 싶었던 것이다.

고루노괴는 흔쾌히 승낙했다.

하긴 실험에 필요한 재료가 제 발로 걸어 들어왔는데 고루노괴가 거절할 리 없었다.

청효자는 초조하게 오 일을 기다렸다.

그리고 마침내 되살아난 누이동생은……

청효자는 '다시 살아난다'는 말뜻을 잘못 이해하고 있었던 것이다.

* * *

이야기를 다 마친 청효자는 여명이 밝아오는 새벽 하늘을 보면서 이렇게 말했다.

"내가 느껴야 했던 절망을 허 노인 당신은 죽었다 깨어나도 모를 것이외다."

청효자의 목소리는 꽉 잠겨 있었다.

잠시 후 청효자가 다시 말했다.

"나는 맹세했소, 고루노괴만큼은 반드시 이 손으로 쓰러뜨리겠다고!"

허민오는 붉게 충혈된 눈으로 청효자를 바라보았다.

그는 청효자가 맛보았을 절망감을 너무나 잘 알고 있었다. 똑같은 기분을 느꼈던 사람이기에.

청효자가 하늘에서 시선을 거두고 허민오를 똑바로 보았다.

"고루노괴는 어디에 있소?"

얼마 전에 당가의 가주에게 '고루노괴가 만들어낸 괴물이 나타났다'는 이야기를 전해 들었을 때만 해도 청효자는 사실이 아닐 거라고 생각했다.

십삼 년이다.

강과 산의 모습이 완전히 변한다는 그 세월 동안 청효자는 고루노괴를 찾아헤맸다.

하지만 고루노괴는 어디로 몸을 숨겼는지 찾을 수가 없었다.

바람을 타고 들려오는 소문 중에 '고루노괴가 죽었다'는 소리도 있었다.

―그 소문처럼 고루노괴는 죽었을 것이다.

죽지 않은 이상 자신이 못 찾았을 리 없다고 생각했다.

한데 그 고루노괴와 연관이 있는 '마물'이 사천 땅에 나타났다는 것이다.

하지만 청효자는 믿지 않았다.

그는 그동안 몇 번이나 고루노괴를 봤다는 사람을 만났다. 하지만 거의 대부분의 사람들은 자신이 직접 본 게 아니고 다른 사람에게 이야기를 전해 들었다는 것이다.

이번에도 거짓말이겠지…….

대신에 '자신의 제자는 반드시 구한다'는 기분으로 귀빈거에 찾아갔던 것이다. 그러나 귀빈거에서 '그녀'를 발견한 청효자는 마음속으로 이렇게 외쳤다.

드디어…

고루노괴를 찾을 수 있다!

겉으로 드러내지는 않았지만 청효자는 전율을 느꼈다.

오랜 세월 동안 찾아헤맸던 고루노괴와 만날 수 있는 '단서'를 드디어 찾아낸 것이다.

청효자는 이 단서를 놓칠 수 없었다. 그래서 그는 끈질기게 물었다.

"고루노괴는 어디에 있소?"

"하아……."

허민오는 더 이상 거짓말을 할 수가 없었다.

"내가 얼마 전에 그 사람이 살던 곳에 찾아갔을 때 그는 이미 죽어 있었습니다."

허민오는 진실을 말했다. 그러나 청효자는 그의 말이 도저히 믿어지지 않는 모양이다.

청효자는 그게 무슨 소리냐는 듯이 두 눈만 끔뻑거리고 있을 뿐이다.

허민오는 아무런 말이 없다.

청효자가 믿어주지 않아도 어쩔 수 없는 것이다. 그것이 진실인 이상.

청효자의 얼굴이 차츰차츰 굳어졌다.

그리고 마침내 안색이 얼음덩어리처럼 딱딱하게 굳어버린 청효자는 떨리는 목소리로 물었다.

"도, 도대체 누가……?"

허민오는 '그녀'를 무의식적으로 바라보았다. 그녀는 그때까지 포쾌의 살점을 뜯어 먹고 있었다.

청효자가 그녀를 내려다보았다.

그리고 청효자는 자괴감 짙은 웃음을 배어 물고 이렇게 나지막이 중얼거렸다.

"나는… 이제 고루노괴를 영원히 만날 수 없구나."

지금 청효자가 느끼고 있는 이 묘한 감정을 무엇이라고 설명해야 하나?

허탈감?

그건 절대 아니다. 그렇다면……

주체할 수 없는 분노.

그것은 더 더욱 아니었다.

굳이 따진다면 그 두 개의 감정을 적당한 비율로 엉성하게 버무려 놓은 듯한 기분이랄까?

고루노괴를 두 번 다시 만날 수 없다는 데서 오는 허탈감.

그리고 반드시 자신이 해내야 하는 일을 가로채 간 '그녀'에 대한 분노.

제19장

그 사람은······.

일곱의 하나

7월 15일 아침.

'그녀'를 내려다보는 청효자의 눈이 어느새 무심하게 가라앉았다.

청효자가 입을 열었다.

"하면… 이제 이 계집아이를 죽이는 일만 남았군."

그의 목소리는 크지 않았지만 앞에 서 있는 허민오가 듣기에는 충분했다.

당황한 허민오가 물었다.

"그, 그건 또 무슨 소리입니까?"

청효자는 허민오를 돌아보았다.

"별것 아니오. 나는 그 당시에 이런 맹세도 같이 했더랬소."

"……?"

"만약에 고루노괴가 또 다른 마물을 만들어낸다면 그 마물 또한 내

손으로 없애 버리겠다고 말이오. 나는 지금 그 맹세를 지키려고 하는 것뿐이오."

"아……!"

허민오는 두 눈을 부릅떴다.

청효자의 얼굴이, 그리고 그가 손에 쥐고 있는 송문검의 검신이 푸르게 변하기 시작했다.

검강이다!

허민오가 마지막 패(牌)를 꺼내 들었다.

"이 아이가 죽어도 좋단 말씀이십니까?"

"감히……!"

주름진 노인의 손이 어린 제자의 연약한 목을 틀어쥐고 있는 것을 보고 노여워하지 않을 사람은 없는 것이다.

하물며 귀여운 제자 녀석이 금세라도 울음보를 터뜨릴 것 같은 표정으로 자신을 쳐다보고 있다면 그 노여움의 크기는 한없이 커진다.

콰쾅!

우레와 같은 폭음이 터지면서 청효자의 오른발은 발목까지 땅에 파묻혔다.

땅이 마구 뒤흔들리는가 싶더니 흙더미가 하늘 높이까지 솟구쳐 올랐다.

허민오는 그만 얼어붙었다.

단 한 발이다.

더도 덜도 말고 딱 한 발자국 앞으로 걸어나온 것뿐인데 암자의 앞마당이 거의 폐허가 되어버렸다.

주위가 한순간 조용해지는 것 같았다.

단순히 착각이 아니라 정말 주위가 암흑 같은 정적에 휩싸여 버렸다.

그리고 허민오의 등 뒤에서 덜덜 떨리는 목소리가 흘러나왔다.

"지, 진각(震脚)의 위력이 저 정도란 말인가?"

허민오는 뒤를 돌아보았다.

한창 진행되어 온 싸움이 한순간 멈추어져 있었다.

모두 손을 놓고 암자 문밖에 있는 청효자를 바라보았다.

대략 삼백 개의 눈들이 두려움, 경외를 가득 담은 눈으로 청효자를 보고 있었다.

일곱의 둘

…정적은 한순간에 찾아왔고 그보다 빨리 깨져 버렸다.

마치 그대로 딱 멈춘 것 같은 시간이 다시 빠르게 흘러가는 듯한 느낌이었다.

뿌득—

"크윽!"

불상 앞에서 포쾌 하나가 쓰러졌다.

모두가 청효자에게 시선을 빼앗겼을 때 노백이 눈앞에 있던 포쾌의 다리를 차버린 것이다.

노백은 바닥에 쓰러진 말대가리처럼 얼굴이 길쭉한 포쾌를 내려다보고 있었다.

그리고 노백이 발을 들었다.

꽝!

'말대가리'의 머리통이 산산조각나면서 바닥에 피가 홍건히 고였다.

노백은 번개처럼 허리를 숙였다.

휘잉—

머리 위를 살짝 스치는 곤봉을 힐끔 올려다본 노백이 앉은 자세에서 한 발을 축으로 회전했다.

획— 빠각!

굵은 다리통 하나가 부서졌다.

돼지처럼 뒤룩뒤룩 살이 찐 포쾌가 휘청거린다.

노백이 이번에는 반대쪽으로 회전했다.

양다리가 부러진 '돼지 새끼'는 쓰러지면서도 짧지만 굵은 몽둥이로 노백의 머리를 내리찍으려 하고 있었다.

쓰윽—

외눈을 번뜩인 노백이 미끄러지듯이 돼지 새끼의 가슴으로 파고들었다.

퍽!

단단한 팔꿈치가 정통으로 돼지 새끼의 명치에 꽂혔다.

"컥!"

답답한 신음 소리를 끝으로 포쾌는 움직이지 않았다.

노백은 몸을 일으켰다. 자신이 처리해야 할 포쾌는 아직 둘이나 남았다.

동해천의 앞에 있는 팽운상도 움직였다.

휘이잉……!

무거운 바람 소리.

놀란 동해천이 고개를 돌렸다. 두툼한 박도가 그의 머리로 떨어졌다.

동해천의 인상이 싸늘해지며 본능적으로 허리에 손을 가져갔다.

하나 그의 허리에는 아무것도 없었다.

관청(官廳)에서 나와 바로 청효자를 만나러 귀빈거로 갔기 때문에 검을 챙겨오지 않은 것이다.

막 동해천의 머리가 두 동강이 날 찰나,

쓰윽…….

희끄무레한 그림자 하나가 동해천의 등 뒤에서 튀어나와 그를 가로막았다.

픽!

동해천은 명치 끝에서 번지는 고통 때문에 주저앉았다. 그리고 그는 가슴을 부여잡고 고개를 들었다.

땅!

박도의 옆면을 때린 곤봉의 주인을 보고 동해천이 씽긋이 웃었다. 감숙성에서부터 자신을 보필한 포두(捕頭) 백리청조(百里淸朝)였다.

언제나 동해천의 곁에서 말없이 그를 지켜보던 사람.

백리청조는 곤봉을 양손으로 꽉 움켜쥐고 정면에 있는 구멍이 숭숭 뚫려 있는 투구를 보고 있었다.

"니미럴……!"

투구 속에서 흘러나온 목소리는 참으로 고왔다. 하지만 그만큼 험했다.

팽운상이 박도를 크게 휘둘렀다.

파아앗—

동해천은 그녀의 박도에서 뿜어지는 기세에 놀라 자리에서 벌떡 일어나 다급히 외쳤다.

"청조, 조심……."

채 말이 끝나기 전이다.

백리청조는 박도를 향해 곤봉을 휘둘렀다. 그의 머리 속에는 방금 전에 박도를 막아낸 상황이 자연스레 그려지고 있었다.

한데 백리청조의 옆구리를 향해 휘몰아치던 박도가 갑자기 딱 멈추는가 싶더니 방향을 바꾸는 게 아닌가?

너무나도 순식간에 일어난 변화이기 때문에 바로 앞에 서 있는 백리청조도 알아차리지 못했다.

파악—

동해천의 눈앞에서 백리청조의 머리가 형체를 완전히 잃어버렸다.

팽운상의 손에 들려 있는 것은 박도다.

박도는 날이 시퍼렇게 서 있는 칼이다.

칼날이 머리를 쳤으니 잘 익은 수박처럼 두 쪽으로 쫙 벌어져야 정상이다. 하지만 백리청조의 머리통은 잘린 게 아니라 그대로 으깨져 버렸다.

새빨간 피가 튀었다.

동해천은 얼른 뒤로 물러났다.

황제 폐하께서 손수 하사하신 비단옷이다. 더러운 피를 묻힐 수는 없는 노릇이었다.

착……! 착……!

묘한 압박을 주는 쇠 신발 소리가 다시 들리기 시작했다.

동해천은 싸움터로 시선을 돌렸다.

개 떼처럼 첩혈대원들을 향해 달려드는 포쾌들을 보고 있자니 숨이 탁 막힐 것 같았다. 하지만……

그래도 첩혈대원들은 조금씩 전진하고 있었다. 느렸지만 분명히 앞으로 걸어나왔다. 그리고 그들이 커다란 방패를 들어 올리고 두툼한 박도를 휘두를 때마다 포쾌들이 하나둘씩 차가운 땅바닥에 쓰러졌다. 개중에는 포두들도 몇 명이나 끼어 있었다.

동해천의 얼굴이 딱딱하게 굳었다.

집단 대 집단의 싸움에서 승패를 결정짓는 것은 기세도 기술도 아니라는 것을 그는 오늘 처음 깨달았다. 그리고 사람의 숫자가 많다고 꼭 유리한 것만은 아니라는 사실도.

살상력(殺傷力)!

눈앞에 있는 적을 얼마나 빨리, 그리고 얼마나 많이 죽이는가에 따라 집단전의 승패는 좌우되는 것이다.

반드시 죽일 필요는 없었다.

적을 못 움직이게만 만들면 된다. 죽이는 건 싸움이 다 끝난 상태에서 해도 늦지 않으니까. 그리고 그것이 바로 백병전(白兵戰)이다.

동해천이 고개를 흔들었다.

무리다.

전쟁터에서 살아남기 위해 박도를 휘두른 사람들이다. 첩혈대원들이야말로 백병전의 귀신들이었다.

포쾌들의 숫자만으로 그들을 막을 수 있다고 생각한 것부터가 잘못된 일인지도 몰랐다. 하지만……

동해천은 여기에서 포기하고 싶은 맘은 없었다.

아직은, 그래도 아직까지는 생각해 볼 수 있는 수단이 남아 있었던 것이다.

'이럴 때 사형이 도와준다면······.'

청효자에게 생각이 미친 동해천은 고개를 돌렸다.

그러나 청효자가 있는 곳으로 눈길을 돌린 동해천이 본 것은 앞마당에 쓰러진 포쾌의 머리통이 둥실 떠오르는 광경이었다.

＊　　　　＊　　　　＊

찌익— 우두둑—

포쾌의 목살이 쭉 늘어나는 것 같더니 이내 머리통이 뜯겨져 나갔다.

그녀가 양손으로 꼭 붙들고 있는 포쾌의 머리통을 치켜들었다.

포쾌의 목에서는 선혈이 줄줄 흘렀고 그 피는 그녀의 머리에 뚝뚝 떨어졌다.

그녀는 떨어지는 피를 받아 먹기 위해 입을 쩍 벌리고 고개를 뒤로 젖혔다.

하늘에는 해가 떠 있었다.

그리고 그녀의 새카만 눈이 그 해를 보았다.

치익—

그녀의 얼굴에서 시커먼 연기가 피어올랐다.

"크아아아아······!"

괴성을 지르면서 그녀가 땅바닥을 뒹굴었다.

*　　　　*　　　　*

　'그녀' 를 지켜보는 허민오의 주름진 눈에 눈물이 고였다.

　창백하다 못해 푸르게 빛나던 그녀의 얼굴에는 군데군데 벌건 반점이 생겨났다.

　단 한 번 태양을 쳐다보았을 뿐인데 저렇게 되다니…….

　어쩌면 당연한 건지도 모른다.

　옛날이야기에 따르면 그 괴물들은 낮에는 활동을 못한다고 전해진다. 하늘에 떠 있는 해를 보면 그대로 한 줌 재로 변한다고도 했다.

　실제로 고루노괴와 함께 만들어낸 괴물들이 밝은 태양 아래서 부서지는 광경을 몇 번이나 목격했던 허민오였다.

　그때의 일들을 하나씩 떠올리면서…….

　"마지막 단계!"

　허민오가 부르짖었다.

　드디어 여기까지 오고야 만 것이다.

　'그녀' 의 몸속에는 아주 많은 약재들이 들어가 있었다.

　그리고 그녀의 몸은 작다.

　그 작은 몸뚱이에 수많은 약재를 들이부었으니 그녀의 체내에는 채 녹지 않은 약의 찌꺼기들이 남아 있었을 것이다. 그리고 여름날의 뜨거운 태양이 뿜어내는 열기가 그 약들을 녹이기 시작했다.

　이제 기다리는 일만 남았다. 그녀의 작은 몸뚱이가 부서지지만 않는다면…….

　답답한 마음에 허민오가 하늘을 올려다본다.

"하아……."

파아란 하늘.

여섯 해 전에 마지막으로 보았던 고루노괴의 주름진 얼굴이 거기 있었다.

고루노괴는 환하게 웃고 있었다.

허민오가 나직이 중얼거렸다.

"어쩌자고 저 어린것한테 이런 고통을……."

그리고 다시 그녀에게 시선을 준 허민오의 마음은 한없이 다급해졌다.

"이런……!"

그녀의 얼굴에 생겨난 검붉은 반점들이 급속도로 확산되어 얼굴뿐만이 아니라 목덜미까지 붉게 물들이며 퍼져 나가고 있었던 것이다.

허민오가 서둘러 자리를 살폈다.

햇빛이 들어오지 않는 곳을 찾아야만 했다. 오직 그것만이 그녀를 괴로움에서 벗어나게 하는 길이었기에.

허민오의 눈이 빛났다.

동굴의 입구처럼 음침하고 희뿌연 안개에 둘러싸여 있는 숲이 암자의 오른쪽에 있었다.

어젯밤에 보았을 때는 그저 '숲이구나' 하는 생각만 했지만 이렇게 아침에 그 숲을 가만히 보고 있자니 한번 들어가면 빠져나올 수 없는 깊은 늪지가 떠올랐다.

'이제 남은 일은……?

허민오가 청효자를 쳐다보았다.

청효자는 돌아서 있었다.

그의 등을 쳐다보는 허민오의 눈동자가 아주 심하게 흔들렸다.

그녀를 내려다보는 청효자가 무슨 생각을 하는지 허민오는 알 수 없었다.

─무언가 방법이……?

딱 하나……
생각할 수 있는 게 있었다.
그렇지만 이 방법만큼은 쓰고 싶지 않았다.
정말이다.
쓰고 싶지는 않았지만…….
허민오는 손가락 하나를 사내아이의 눈앞으로 가져간다.
영문을 전혀 모르는 아이는 눈을 똥그랗게 뜨고 그 손가락을 빤히 쳐다보았다.
그리고 사내아이의 두 눈은 몽롱하게 풀리기 시작했다.

*   *   *

청효자가 헝클어진 머리카락을 쓸어 넘긴다.
그리고 그는 왼쪽 뺨에서 흐르는 피를 닦았다.
"괘씸한 녀석……. 감히 사부에게 이런 짓을 하다니……."
청효자는 자신의 제자가 손톱으로 남긴 상처를 쓰다듬으며 오른손 등을 내려다보았다.
거기에서도 피가 흘렀다. 그리고 이빨 자국이 나 있었다.
청효자는 땅바닥에 떨어져 있는 송문검을 주워 들면서 피식 웃었다.

"그 요상한 사술에 또 한 번 당했군."

입 안이 썼다.

청효자가 고개를 돌려 자신의 왼편에 있는 숲을 응시했다.

왠지 이상한 기분이 들었다.

사람들의 이야기에 따르면 이 세상에는 귀문(鬼門)이라는 곳이 있다고들 한다. 다른 말로는 귀방(鬼方)이라고도 하는데 점술가(占術家)들이 귀신이 드나든다 하여 매사에 꺼리는 방위로써 동북방(東北方)을 가리킨다.

그러나 민간(民間)에서 전해지는 귀문의 위치는 전혀 다르다.

오래전부터 사람들은 이렇게 말했다.

"한밤중에 숲 속에 들어가선 안 된다."

"만약 어쩔 수 없이 밤에 숲에 들어갔다면 큰 나무 밑에서는 쉬지 마라."

"나무 뒤에서 걸어나오는 아름다운 여자를 따라가면 큰 화를 당할 것이다."

그렇다!

옛사람들이 말했던 귀문은 이런 깜깜한 숲이다.

잠시 후 청효자는 눈길을 돌려 암자의 안을 쳐다보았다.

자세히 살펴볼 필요도 없었다.

암자의 한쪽 벽은 허물어졌고 그 앞에서 두 패의 무리들이 한 덩어리가 되어 드잡이질을 벌이고 있었다.

파란 옷을 입은 자들은 암자 안으로 들어가려고 아우성쳤다.

하지만 얼굴에 투구를 뒤집어쓰고 있는 사람들이 묵직한 박도를 한번 휘저을 때마다 포쾌들은 죽어 나갔다. 그래도 아직은 포쾌들의 숫자가 훨씬 많았다.

청효자는 조금 더 멀리 시선을 주었다.

있었다.

멀찌감치 물러나서 싸움을 구경하는 사람 하나가. 그리고 그는 청효자가 찾는 사람이기도 했다.

청효자가 문득 입술을 달싹거렸다.

자신의 전음이 제대로 전해졌다는 것은 이쪽을 돌아보는 동해천의 얼굴을 보면 알 수 있었다. 그리고……

동해천이 고개를 크게 끄덕였다. 그리고 그는 품속에다 오른손을 찔러 넣었다.

품속에서 빠져나온 동해천의 손에는 호각이 들려져 있었다.

그는 그것을 입에 물었다.

삑— 삐이이이익— 삐이이이익—

한 번은 짧게, 그리고 두 번은 아주 길게!

퇴각(退却)을 알리는 신호였다.

*　　　*　　　*

패잔병(敗殘兵)의 행렬처럼 검문산을 내려가던 동해천과 그의 일행은 산 중턱에서 자신들을 기다리는 사람을 만났다. 모든 것은 청효자의 말대로였다.

"어서 오십시오. 기다리고 있었습니다."

"누구시온지……."

그 사람과 마찬가지로 포권을 하면서 동해천은 고개를 갸웃거렸다.

그 사람은 씩 웃으면서 말했다.

"한 사 년 전에 청성에서 뵌 적이 있습니다."

"미안하군요. 기억에 없는 듯해서……."

동해천은 고개를 살짝 숙였다.

그 사람은 아주 잠깐 동안 얼굴을 붉혔다. 그리고 쭉 찢어진 눈에 살기가 감돌았다.

하지만 이내 크게 웃으면서 이렇게 말했다.

"하하, 괜찮습니다. 기억을 못하시는 게 오히려 당연한 일이지요. 제 아이가 청효자 그 어른의 제자로 들어가기 전의 일이니까 말입니다."

"아, 그렇군요. 이제야 기억이 납니다."

거짓말이 능숙하지 않은 동해천은 얼른 말을 돌렸다.

"그보다 자제 분 때문에 심려가 크시겠습니다."

"그렇지요."

"흠……."

동해천은 입을 닫았다. 예상보다 시큰둥한 그 사람의 반응 때문에 말을 걸기가 좀 어색했다.

무언가 말을 꺼내긴 해야 할 것 같았는데…….

적당한 말도 떠오르지 않았다.

남들이야 어떨지 몰라도 동해천은 이럴 때가 제일 곤욕스럽다.

다행히 동해천을 구해준 사람이 있었다.

역시나 오늘 처음 보는 대꼬챙이 같은 사내가 다리를 약간 절면서 이쪽으로 걸어오고 있었다.

"오셨습니까?"

비쩍 말라비틀어진 사내 장무혼이 당가의 가주 앞으로 가서 허리를 숙였다.

당가의 가주가 물었다.

"상황은?"

"아직 그들은 암자에 있습니다."

가주는 동해천을 힐끔 돌아보고는 목소리를 낮췄다.

"그분께서는?"

"도련님을 데려간 노인을 쫓고 있습니다."

"흠, 그리고 내가 시킨 일은 제대로 했느냐?"

"물론입니다."

"잘했다."

만족한 듯이 장무혼의 어깨를 두어 번 두드린 가주는 동해천을 돌아보았다.

"저희들은 준비는 끝났으니 느긋하게 구경하시길 바랍니다. 아마 재미난 볼거리가 될 겁니다."

일곱의 셋

대웅암(大熊庵)의 뒤편.

검문산 중턱에서 동해천과 합류한 당가 가주와 십살(十殺), 그리고 당가의 정예들이 진을 치고 있었다.

그들은 얼마 전에 이곳에서 헤어진 포쾌들이 자리를 잡고 신호를 보내오길 기다렸다. 그리고……

제법 시간이 흘렀다.

사람들이 하나둘씩 하품을 해대기 시작한다.

약속 장소에 먼저 나가 누군가를 기다려 본 사람은 알 것이다.

사람이 사람을 기다리는 것보다 지루한 일은 없다. 결과를 뻔히 알기 때문에 더 지루한 건지도 모른다.

"어릴 때 백 장로에게 딱 한 번 들은 이야기인데……."

그 지루함을 달래려는 듯이 당가의 가주가 말했다.

"고루노괴가 우리 집에 온 적이 있었다더군. 백 장로가 그 이야기를 할 때 눈물을 글썽거렸던 것 같아. 이유가 뭘까?"

하나 그의 물음에 대답하는 사람은 아무도 없었다.

가주도 다른 사람이 자신의 말을 가로채는 것을 바라지 않았는지 그 스스로가 대답을 하고 있었다.

"지금 생각해 보면 백 장로, 그 인간에게도 말 못할 사정이 있었던 게지. 솔직히 그 인간의 속사정 따위는 내가 알 바 아니고 그저 재밌는 이야기를 들려주니 고마웠지."

가주는 고개를 갸웃거렸다.

"그런데 말이야, 고루노괴는 왜 우리 집에 찾아온 거지? 그걸 모르겠단 말이야. 분명히 그때 백 장로에게 들었던 것 같기도 한데……."

가주가 중지를 들어 이마를 툭툭 건드렸다.

무언가 생각날 듯하면서도 생각이 나지 않을 때 취하는 버릇이었다.

신기하게도 이렇게 이마를 건드리고 있으면 아주 오래전에 들었던 이야기도 생각날 때가 많았다. 지금처럼 말이다.

"그래, 맞아! 우리 집안에서 전해져 내려오는 독인(毒人)의 비밀을 알기 위해서라고 했지!"

가주가 손바닥으로 이마를 쳤다.

탁!

가주의 이마에선 요란한 소리가 났고 그는 말을 계속했다.

"흠, 그렇다는 건… 독인과 그 괴물의 제조법이 비슷한 점이 많다는 소리 같은데?"

가주는 입을 다물었다.

그리고 무언가를 골똘히 생각하는 것처럼 가만히 서 있었다.

한참 후 가주가 돌아섰다.

"이봐, 다리병신!"

십살의 맨 뒤쪽에 서 있던 대꼬챙이 같은 사내 장무흔이 다리를 약간 절면서 앞으로 걸어나왔다.

가주는 그에게 명령을 내렸다.

"그 계집아이를 데려와."

"……!"

장무흔의 눈이 휘둥그레졌다.

그는 어젯밤에 그 계집아이가 사람을 먹어치우는 광경을 똑똑히 목격했다.

가주는 슬쩍 인상을 썼다.

"못해?"

그의 몸에서 흘러나온 희미한 약초 냄새.

가주가 한 걸음 앞으로 걸어나오자 장무흔은 그 자리에서 얼어붙었다. '못한다'는 말은 가주가 제일 싫어하는 말 중 하나란 걸 기억해 낸 것이다.

"못한단 말이지?"

스산하게 변한 목소리와 함께 가주의 눈에서 새하얀 광망이 피어올랐다.

그리고 가주는 쌍수를 치켜들었다.

일촉즉발의 상황.

"포쾌들에게서 연락이 왔습니다."

산발한 머리가 얼굴을 뒤덮은 사내 조빙이 두 사람 사이에 끼어들었다.

가주의 차가운 시선이 이번엔 조빙에게 향했다.

하나 조빙은 전혀 아랑곳없이 손을 들어 암자의 오른쪽을 가리켰다.

가주는 조빙을 노려보다가 그가 가리킨 곳을 돌아보았다.

숲 속에선 차가운 빛이 몇 번 반짝이다 사라졌다.

"그렇군."

신호를 확인한 가주가 조빙에게 눈짓을 보냈다.

조빙이 품속에서 작은 거울을 꺼내는 것을 보면서 가주는 옆에 있는 장무흔에게 다시 말했다.

"넌 그 계집아이를 끝까지 추적해. 이번에도 어제처럼 들키거나 하면……."

장무흔은 다시금 얼굴을 찔러오는 차가운 기운에 몸을 부르르 떨고 말았다.

"보, 복명(復命)!"

장무흔은 허리를 숙이고 돌아섰다.

돌아선 장무흔의 뒷모습을 보면서 가주가 고개를 갸웃거렸다.

"참 신기하단 말이야. 저 다리병신의 특기가 월장과 추적술이라
니……. 안 그래?"

가주는 말끝을 약간 걷어 올리며 조빙을 쳐다보았다.

하지만 조빙은 여전히 아무런 말이 없다.

가주가 이마를 살짝 구기며 고개를 저었다. 그리고 그는 발 밑을 내
려다보며 천천히 말했다.

"아, 지금 포쾌들이 자리를 잡았다고 연락을 보내왔습니다. 그들은
제가 잘 쓰겠습니다. 감사합니다."

"……."

"흠, 질문 하나 하겠습니다."

"……."

"사람이 진정으로 화가 날 때가 언제인지 아십니까?"

"……."

"그건 말입니다, 누군가에게 무시를 당했을 때입니다. 알겠습니까,
추관 나리?"

"……."

"여기는 사천 땅입니다."

"……."

"사천 땅에서 저를 무시하다니. 하하하! 이것참, 할 말이 없어집니다
그려."

"……."

"그런데 참 아쉽군요. 추관 나리도 이제부터 벌어질 축제를 보셨어
야 하는데……."

그때까지 동해천은 한마디도 하지 않았다.

죽은 사람은 원래 말을 할 수 없는 법이니까.

나무 밑에 쓰러진 동해천의 시신은 찢어진 걸레보다 못했다. 발가벗겨진 채 칼로 마흔여덟 번이나 찔러댔으니 그리될 만도 했다.

그 모습을 내려다보면서 당가의 가주는 싱긋이 웃었다.

웃지 않을 수가 없었다.

자신의 손으로 정성스레 만들어놓은 '작품(?)'도 작품이지만 그 작품을 만들어낼 때 느꼈던 쾌감이 몸속에서 되살아나고 있었던 것이다.

푹―

칼로 찌를 때마다 생동감있게 퍼덕거리는 몸뚱이…….

자신을 노려보는 싸늘한 눈과 관리의 입에서 나오리라곤 생각지 못했던 거친 욕설…….

그 모든 게 당가의 가주에겐 쾌감이었다.

특히나 자신을 노려보는 그 눈알을 조금씩 도려낼 때의 그 기분이란!

오줌이 찔끔찔끔 흘러나올 정도였다.

그때의 기분을 다시 음미하듯이 혀를 내밀어 입술을 한번 핥은 가주가 동해천의 옆을 보았다.

가주는 눈을 살짝 찌푸렸다.

포두 두 명과 포쾌 여섯의 시신이 널브러져 있었다.

한데 너무 깨끗하다. 모두 심장이 있는 왼쪽 가슴이 뻥 뚫린 채 죽어 있었다.

가주가 조빙을 돌아보았다.

"아직 옛 실력은 그대로구나. 그 실력으로 내 형수의 목을 가져와라. 이번에는 꼭 성공하길 바라겠다."

조빙이 묵묵히 고개를 끄덕였다.

가주는 말을 계속했다.

"자, 여기도 대충 마무리되었으니 이것들을 사람들에게 들키지 않게 잘 묻어라."

"알겠습니다."

조빙은 손을 등 뒤로 돌려 묘하게 움직였다. 그러자 예닐곱 명의 수하들이 걸어나와 각각 시체 하나를 등에 업고 숲 속으로 들어갔다.

주위가 어느 정도 정돈되자 가주가 다시 입을 열었다.

"이제 왕(王) 서방을 불러볼까?"

                    *   *   *

왕풍(王風)은 어렸을 때 심하게 앓은 적이 있었다.

의원들은 그때 왕풍이 틀림없이 죽는다고 말했다. 그도 그럴 것이, 마을에는 심한 돌림병으로 살아남은 사람이 아무도 없었던 것이다.

앞집에 살던 장(長) 노인도 죽었다.

그리고 몇 년 전에 뒷집으로 이사온 전충(田忠)의 가족들은 바로 하루 전에 실려 나갔다.

생존자는 오직 왕풍 한 사람뿐이었다.

왕풍도 마을 사람들처럼 죽어가고 있었다.

의원들도 포기한 왕풍의 몸뚱이는 날이 갈수록 열이 펄펄 끓었고 그의 눈에는 환각이 보이기 시작했다.

누군가 자신을 빤히 쳐다보고 있었다.

처음 보는 남자였다.

이상하리만치 얼굴이 창백하고 그림자도 없는 것 같았다.

그 남자는 '너를 데려가기 위해 여기 왔다'고 말했다. 그리고 왕풍이 오늘 삼경에 죽는다고 악담까지 해댔다.

왕풍은 살고 싶었다.

지푸라기라도 있으면 잡고 싶었다. 안간힘을 다해 버티고 또 버텼다. 그 사람에게 욕을 해대면서.

그날 밤 왕풍은 사경을 헤맸다.

일곱 번인가, 여덟번인가?

어쨌든 잠에서 깰 때마다 그는 자신을 기다리고 있는 그 사람을 보았다. 하지만 그는 끌려가고 싶지 않았다. 아직은 하고 싶은 게 너무나도 많았다. 그리고……

다음날 아침에 왕풍은 자리에서 일어날 수 있었다. 거짓말처럼 몸이 가뿐했다.

한데 말이다.

며칠 후부터 손이 덜덜 떨리기 시작했다. 마치 수전증이라도 앓고 있는 사람 같았다.

시간이 갈수록 증세는 심해졌다.

어쩔 때는 간질을 앓고 있는 사람처럼 온 방 안을 뒹굴기까지 했다.

의원들은 심각한 후유증이라고 했다.

그때부터 왕풍의 인생은 시궁창으로 떨어졌다. 되는 일이 하나도 없었던 것이다.

왕풍은 자신이 처음에 했던 일을 아직도 기억하고 있다.

점소이였다.

걸레를 들고 탁자를 닦는 것까지는 그도 할 수 있었다. 하지만 그릇을 나를 때부터 문제가 하나둘씩 일어났다. 그는 단 한 번도 주방에 그릇을 가져가 보질 못했다.

제아무리 맘씨 좋은 주인이라고 해도 그릇을 깨뜨리는 점소이는 사양하고 싶은 법이다. 하물며 옆 동네에서 제일 성질 더러운 진씨(陳氏) 아저씨라면……

왕풍은 그날로 쫓겨나 다른 일거리를 찾아야만 했다.

그러나 다른 일을 해도 마찬가지였다.

목수 일을 하면 망치로 손을 치기 일쑤였고 미장이질을 해도 벽에다 흙을 똑바로 바를 수가 없었다.

사람들은 그를 '쓸모없는 왕풍'이라고 부르기 시작했다.

그는 정말 쓸모가 없었다. 오죽하면 비렁뱅이들조차 그를 보면 쓸모없는 놈이라고 놀렸겠는가.

모든 게 덜덜 떨리는 손 때문이었다.

죽어버릴까도 생각했다.

그러나 하늘은 왕풍에게 스스로 죽는 것도 허락하지 않았다.

한적한 산길에서 나무에다 목을 매달고 숨을 캑캑거리고 있는 그를 구해준 사람이 있었다.

당가의 젊은 가주였다.

그때까지 왕풍에게 돈을 던져 준 사람은 많았다.

하지만 왕풍의 이야기를 처음부터 끝까지 들어준 사람은 아무도 없었다. 또한 '쓸모없는 사람이란 없다'고 말해 주면서 자신의 어깨를 두드려 주는 사람도.

그 사람을 따라 당가로 들어갔을 때부터 왕풍의 인생이 달라졌다. 허연 쌀밥도 배부르게 먹을 수 있었고 편안한 잠자리도 얻을 수 있었다.

모든 게 그분을 만났기 때문에 가능했던 일이다.

"휴우……."

스무 해를 훌쩍 넘긴 옛일을 생각하면서 왕풍은, 아니, 이제는 왕 서방이라고 불리우는 노인이 한숨을 내쉬었다.

왕 서방은 자신의 손을 내려다보았다.

그의 손은 그때나 지금이나 똑같이 덜덜 떨리고 있었다.

다른 점이 있다면 지금 그 손에는 부싯돌 두 개가 들려 있다는 것뿐이다.

왕 서방이 고개를 들었다.

저 멀리 암자가 보인다.

그 '개 같은 년'이 저기에 있다고 했다.

남편을 독살하는 것도 모자라 가문의 보물을 훔쳐 달아났던 사갈(蛇蝎) 같은 화냥년이…….

그런 계집은 애초에 태어나지 말았어야 했다.

운이 좋아서 지금까지 살아남았겠지만 그것도 오늘로써 끝일 것이다.

왕 서방은 자신의 눈으로 그 계집이 죽는 꼴을 보고 싶었다.

그 때문에 지금의 가주에게 무릎을 꿇고 애원하다시피 해서 따라온 것이다.

왕 서방의 눈빛이 달라졌다.

암자의 뒤쪽에서 붉은 연기가 피어올랐다.

'신호다!'

왕 서방의 눈빛이 달라졌다. 그는 덜덜 떨리는 손으로 부싯돌을 서로 부딪쳤다.

탁! 탁! 탁!

몇 번의 실패 끝에 부싯돌 두 개가 겨우 부딪쳤다. 불꽃은 싸리나무로 엮어 만든 홰에 튀었다.

그리고 왕 서방은 밝혀진 횃불을 발 밑에 있는 도화선(導火線)으로 가져갔다.

*   *   *

콰아아아아앙!

산 전체가 크게 한 번 흔들리는 것 같았다.

그 커다란 폭음에 놀란 산새들이 푸드득 하늘 높이 날아올랐다.

청효자가 자신이 걸어온 길을 돌아보았다.

무성한 나무들이 시야를 완전히 가로막고 있었기 때문에 무슨 일이 벌어진 것인지 알 순 없었다. 하지만 하늘 가득 피어오른 시커먼 연기를 보자 짐작은 할 수 있었다.

청효자가 돌아섰다.

'동 추관이 당가의 사람들과 만난 모양이군. 나도 조금 서둘러야겠다.'

일곱의 넷

매애맴— 매앰— 맴—

정말이지, 깊은 산속에서 가장 듣기 싫은 소리는 매미들이 한꺼번에 울어대는 소리다.

보통 사람들은 매미 울음이 시원하다고 생각한다.

한두 마리, 혹은 멀리 떨어진 곳에서 들려오는 매미 울음을 가지고서 그렇게 말들을 하나 보다.

하나 산속은 다르다.

우선 기분 나쁠 정도로 시끄럽다.

그리고 일정한 간격을 가진 그 묘한 울림은 가만히 듣고 있으면 머리가 지끈지끈 아파온다. 장안(長安)과 성도(成都)를 가로지른 가도(街道) 위에 우뚝 솟은 검문산의 매미 울음소리도 예외는 아니었다.

청효자는 숲 속을 걸어가고 있었다.

여전히 매미는 울어대고 있었다.

맴— 매앰— 매애맴—

청효자가 우뚝 멈춰 섰다.

시커먼 무언가가 나무 뒤에서 튀어나왔다.

꽝!

한 번의 폭음.

그리고 푸른 섬광.

청효자는 나무 밑을 내려다보고 눈살을 살짝 찌푸렸다. 다람쥐 한 마리가 피떡이 되어 죽어 있었다.

"쯧쯧, 내가 이런 실수를……."

청효자가 허탈하게 웃었다.

신경이 예민해질 대로 예민해져 있었던 모양이다.

청효자는 긴장을 풀 듯이 어깨를 몇 번 움직여 보았다. 그리고는 주위를 천천히 둘러보았다.

청효자가 눈살을 살짝 찌푸렸다.

고개를 들어 하늘을 올려다보자 나뭇잎 사이로 파란 하늘에 떠 있는 하얀 뭉게구름이 보인다. 그런데도 숲 속은 아직 밤처럼 어둡기만 했다.

청효자가 중얼거렸다.

"귀문(鬼門)이라……."

도저히 미신이라고 웃어넘길 수가 없었다.

이 어둠 속에서 무엇이 튀어나올지…….

사람들의 말처럼 정말로 아주 아름다운 여자가 나무 뒤에서 걸어나오는 것은 아닐까?

청효자는 고개를 흔들었다.

"무슨 쓸데없는 생각을…… 이 세상에 귀신 따위가 어디에 있다고."

청효자는 그렇게 어수선해지는 마음을 가다듬었다.

그리고 청효자가 다시 숲 속으로 걸어 들어갔다.

조금만 더 가면 이 지긋지긋한 숲이 끝나고 자신의 귀여운 제자를 데려간 그 노인의 종적을 찾을 수 있을 것이다.

*   *   *

가슴을 졸인 채 청효자의 뒷모습을 빠히 쳐다보는 눈이 있다.

무성한 잡초 사이에 몸을 숨기고 있는 허민오였다.

허민오의 등 뒤에는 '그녀'가 쓰러져 있었고 그의 손에는 다람쥐 한

마리가 바동대고 있었다.

허민오는 자신의 왼쪽 옆구리를 내려다보았다.

찢어진 옷자락 사이로 드러난 맨살.

얼마 전까지만 해도 선혈이 줄줄 흐르던 옆구리는 시커멓게 멍이 들어 있었다.

생각을 하는 것만으로도 아찔하다.

만약 그때 자신의 발놀림이 조금이라도 늦었더라면!

'아마도……'

그리고 허민오는 오른쪽 옆을 내려다보았다.

사내아이는 눈을 깜빡거리면서 거기 가만히 누워 있었다.

벌겋게 달아오른 그 작은 얼굴을 보면 아이가 안간힘을 쓰고 있다는 것을 알 것이다.

허민오는 측은하다는 생각이 들었다. 그러나 모질게 마음을 다잡은 허민오는 다시 청효자가 있는 곳으로 눈길을 주었다. 그리고 청효자가 숲 속으로 걸어 들어갔다.

청효자의 모습이 안 보이게 될 때까지 기다린 허민오는,

"하아……"

긴 한숨을 내쉬고 그대로 털썩 주저앉아 버렸다. 너무 긴장을 하고 앉아 있었기 때문에 오금이 저리다 못해 아팠다.

허민오는 손 안에 들어 있는 다람쥐를 놓아주었다.

찍! 찌익!

꼭 쥐새끼 같은 울음소리를 내며 가장 가까운 나무 밑둥치까지 달려간 다람쥐는 그곳에서 머뭇거리며 이쪽을 돌아본다.

그리고 아무도 따라오지 않는 것을 확인한 다람쥐는 쏜살같이 나무

위로 올라갔다.

허민오는 욱씬거리는 옆구리를 부여안고 자리에서 일어났다.

쓰러져 있는 그녀의 얼굴은 완전히 변해 있었다. 펄펄 끓는 물을 뒤집어쓴 것처럼 시뻘겋게 달아올라 있었다.

그녀가 가쁜 숨을 몰아쉰다.

그녀는 몸 안에서 일어난 열기를 감당 못하겠다는 듯이 몸을 자꾸만 뒤틀었다.

허민오가 그녀의 옆에 앉았다.

허민오는 하나밖에 없는 손으로 땅을 파기 시작했다.

아침 이슬에 젖어 있는 땅은 차고 단단했다.

그는 조금 격렬하게 움직인 탓에 옆구리의 상처가 벌어져 피가 흘렀지만 땅을 파는 손을 멈추지 않았다.

그녀를 땅에 묻은 후 허민오가 움직였다.

머리를 지끈거리게 만드는 매미 울음소리와 자신이 집어 던진 다람쥐 때문에 청효자는 아무런 의심 없이 숲 속으로 걸어 들어갔다. 하지만 그 양반이 언제 이곳으로 되돌아올지 아무도 모르는 일이다.

그 양반을 자신이 다른 곳으로 유인해야만 한다.

허민오가 지나간 곳에는 핏물이 한두 방울씩 떨어져 있었다.

＊　　　＊　　　＊

공터는 꽤나 넓었다.

그곳의 땅은 작은 구릉이 쭉 이어진 것처럼 울퉁불퉁했다.

구릉들 앞에는 간혹 가다 나무판자가 하나씩 세워져 있었다.

비린내가 진동했다.

시커멓게 썩어가는 나무판자에서 흘러나오는 냄새였다.

이곳은 버려진 공동묘지였다.

청효자는 묘지의 입구에 서 있었다.

그는 발 밑에 떨어져 있는 핏자국을 보고 있었다.

"아직 굳지 않았다는 건……."

사람마다 정도의 차이가 있겠지만 몸에서 빠져나온 피가 굳는 데 걸리는 시각은 대략 일각(一刻:15분) 정도다.

"일각 이내……. 그렇게 멀리 가지는 못했을 텐데."

청효자가 고개를 들어 공동묘지를 둘러보았다.

언뜻 보기에 묘지는 아주 오랫동안 방치된 듯 보였다.

하지만 가끔은 새로운 시체들도 여기로 들어오는 모양이다.

청효자는 아직 채 마르지도 않은 무덤 하나를 발견했다. 무덤이라기보단 거대한 흙더미 같은 그것은 묘지의 왼쪽 구석에 자리를 잡고 있었다.

잠시 동안 그것을 쳐다보던 청효자가 고개를 갸웃거렸다.

설마 그럴 리야 없겠지만…….

"허 노인이 귀식공(龜息功)을 시전하고 저 속에 누워 있는 건 아닌지?"

청효자가 고개를 살짝 흔들었다.

막연히 떠오른 생각일 뿐이다.

한데 신기하게도 이런 생각은 한번 의식하기 시작하면 머리 속에서 쉽사리 지워지지 않는 법이다.

청효자의 입에서 흘러나온 '귀식공' 의 또 다른 명칭은 귀식대법(龜息大法)이다.

무림인이라고 해서 날개 달린 새처럼 하늘을 훨훨 날아다닌다거나 손짓 한번으로 거대한 해일을 일으키는 건 불가능하다. 그러나 아무것도 먹지 않으면서 며칠 동안 땅속에 숨어 있을 수는 있다. 아주 특별한 호흡법을 익힌다면 말이다.

호흡이라고 해서 숨을 들이마시고 내쉬는 것을 말하는 건 아니다. 정확히 말하자면 숨을 멈추는 방법이니까.

그렇지만 단순히 숨만 멈추고 있는 것은 아니다. 심장의 박동까지 정지시키고 체온을 하강시킴으로써 인기척을 완전히 없앨 수도 있다. 다시 말해서 스스로를 가사 상태로 몰고 가는 것이다.

실제로 귀식대법을 시전하는 동안에는 오관(五官)의 활동이 완전히 멈춰 정말로 시체와 다름이 없어진다. 그리고 스스로의 공력 정도에 따라 깨어나는 시간만 조절할 수 있을 뿐이다.

다만 경지에 오르게 되면 오관의 활동을 자유자재로 조절할 수 있다고 전해진다. 그래서 겉보기에는 시체처럼 보이더라도 시전자는 주위의 동정을 듣거나 볼 수 있게 된다고 하는데…….

그런 대단한 경지에 오른 사람을 나타났다는 기록은 어디에도 없었다.

어느새 청효자는 흙이 채 마르지도 않은 무덤 앞에 서 있었다.

무덤을 내려다보는 청효자의 눈이 흔들렸다.

만약 자신의 생각이 틀렸다면 무덤 안에는 이름도 모르는 어떤 사람이 영원한 잠을 자고 있을 것이다.

그런 생각이 들자 가슴이 답답해졌다.

"아직도 이 무덤 주위를 맴돌고 있을지도 모르는 원혼을 달래주지는 못할망정……."

민간에 전해지는 이야기에 따르면 육체에서 빠져나간 영혼은 자신의 몸이 들어 있는 무덤의 흙이 다 마를 때까지 그 주위를 맴돈다고 한다.

누군가 자신의 영원한 잠을 방해할까 두려워서 무덤 곁을 떠나지 못한다는 것이다.

"부디… 날 용서하시오."

청효자는 두 손을 모으고 무덤을 향해 고개를 숙인다.

그가 이름도 모르는 '누군가'에게 할 수 있는 최선의 사죄였다.

그리고 청효자는 무덤을 툭 건드렸다.

꽈앙!

장난처럼 무덤에다 손을 댔다 뗀 것뿐인데도 폭음이 터지고 흙이 비산했다.

그 사이로 흙이 잔뜩 묻어 있는 팔 하나가 불쑥 튀어나왔다.

아직 채 굳지도 않은 팔을 보며 청효자가 두 눈을 빛냈다.

꽈앙!

다시 한 번 폭음이 울리고 팔과 이어진 시체의 완전한 몸이 무덤에서 굴러 떨어졌다.

청효자는 시체를 발끝으로 차올려 뒤집었다.

발가벗은 사내였다.

청효자가 눈을 찌푸렸다.

얼마 전에 죽은 듯한 사내의 모습은 처참하다 못해 구역질이 치밀어 오르게 만들었다.

아주 심한 고문이라도 당한 듯했다.

사내의 몸에는 수십 개의 칼자국이 나 있었다.

그리고 얼굴은 이목구비(耳目口鼻)를 분간하기조차 힘들 정도로 짓뭉개져 있었다.

하지만 청효자는 구역질을 참으면서 사내를 내려다보았다.

왠지 모르게 사내의 체형이 눈에 익었다. 사내가 누군가와 닮았다는 생각을 잠깐이나마 했다.

청효자는 고개를 살짝 흔들었다.

지나친 생각이다.

다시 고개를 들어 올린 청효자가 주위를 살피면서 중얼거렸다.

"그나저나 대체 어느 쪽으로 간 것일까?"

우선은 허 노인의 손에서 자신의 제자를 돌려받는 것만 생각하고 싶었다. 그래서 청효자는 땅바닥에 뒹구는 시체를 그냥 내버려 두고 묘지에서 걸어나올 수가 있었다.

청효자가 제법 큼지막한 바위 위에 떨어져 있는 핏자국을 발견한 것은 묘지를 벗어난 직후였다.

청효자는 허리를 숙여 핏자국을 유심히 살폈다.

추적의 전문가들이라면 핏자국이 번진 모양만 보아도 그 상대가 어디로 달아났는지 짐작할 수 있을지도 몰랐다.

하지만 청효자는 추적의 전문가가 아니다.

청효자가 지금 할 수 있는 건 그저 손을 뻗어 피를 만져 보고 냄새를 맡는 것뿐이다.

살짝 인상을 찌푸린 청효자가 중얼거렸다.

"피비린내가 아직도 이렇게 난다는 건……."

얼마 전에 이곳을 지나갔다는 뜻이다. 그것도 이 바위를 밟고 날아올랐을 것이다.

'여기서 위로 올라갔다면…….'

청효자가 허리를 펴고 주위를 찬찬히 훑어보았다.

한동안 눈으로 주위에 늘어서 있는 나무며 그 밑에 길게 자란 풀 같은 것들을 살펴보던 청효자의 시선이 딱 멈추었다.

　'저건……?'

　무엇을 보았는지 청효자의 눈에서는 칼날 같은 섬뜩한 안광이 폭사되어 나왔다. 그리고 그의 입가엔 어느새 봄바람 같은 부드러운 미소가 떠올라 있었다.

　"아이를 안고 이 거리를 뛰어넘는다?"

　숲을 빠져나온 청효자가 멈춰 선 곳은 커다란 계곡 앞이었다.

　대략 오십 장 정도의 간격을 가진 계곡 밑에서는 엄청난 바람이 휘몰아치고 있었다.

　청효자가 이내 고개를 저었다.

　인간이 도저히 뛰어넘을 수 있는 거리가 아니었다.

　결론은 자신이 길을 잘못 찾은 것이고, 그 노인은 어디선가 자신을 지켜보고 있을 것이다.

　청효자가 돌아섰다.

　찰나, 청효자는 숲에서 튀어나오는 허민오와 맞닥뜨렸다.

　허민오의 가슴에 안겨 있는 사내아이는 무언가 할 말이 있는 것처럼 청효자의 얼굴을 빤히 쳐다보았다.

　그렇지만 청효자는 아무런 말도 듣지 못했다. 허민오가 재빨리 돌아섰기 때문에.

일곱의 다섯

"허억······!"

갑자기 땅이 사라졌다.

발 밑이 허전했다.

숨을 곳을 찾기 위해 주위를 두리번거리던 허민오의 몸이 그대로 밑으로 뚝 떨어졌다.

코끝으로 확 밀려오는 동물의 살이 썩는 냄새··· 그리고 눈을 찌를 것처럼 바닥에 듬성듬성 박혀 있는 죽창(竹槍)들······.

허민오가 몸을 크게 뒤틀었다.

팟!

피가 튀었다.

허민오는 우두커니 서 있었다. 그의 콧잔등에서 피가 흘렀다. 그리고 피 묻은 죽창 하나가 그의 눈앞에 있었다.

"휴우······."

허민오가 가슴에 안겨 있는 사내아이를 내려다보며 말했다.

"많이 놀랐느냐?"

아이는 대답하지 않았다. 그저 꿈틀거리며 허민오의 가슴으로 파고들었다.

"미안하구나."

허민오는 사내아이를 꼭 끌어안았다.

아이가 코를 살짝 찡그렸다.

허민오의 몸에서는 노인 특유의 텁텁한 냄새가 났다.

하나 사내아이가 코를 찡그린 것은 아주 잠깐 동안의 일이고, 아이는 이내 팔을 들어 허민오의 목을 부둥켜안았다. 그 냄새가 그리 싫지만은 않았다.

허민오가 사내아이의 등을 다독였다.

그리고 고개를 들어 함정의 입구를 올려다본 허민오는 그만 눈을 감아버렸다.

"하아……."

허민오의 한숨 소리를 들은 사내아이가 고개를 들었다.

아이의 얼굴이 아주 환하게 밝아졌다.

"하필이면 사냥꾼이 파놓은 함정에 빠지다니…… 하지만 이렇게 되지 않았어도 어차피 결과는 마찬가지였을 것이오."

청효자가 담담하게 말하면서 살짝 웃었다.

승자만이 지을 수 있는 미소였다.

청효자는 눈을 감은 허민오를 가만히 응시했다. 허민오의 가슴에 안겨 있는 사내아이에게 눈길조차 주지 않았다.

청효자는 자신이 손을 쓰기 전에 예기(銳氣)가 꺾이기를 원치 않았다.

단지 그 이유 때문이다.

난데없이 자신에게 달려든 사내아이를 원망하는 마음은 눈곱만큼도 없었다. 하지만……

손톱 자국이 나 있는 청효자의 뺨을 보고 있는 사내아이의 눈에 눈물이 그렁그렁 맺혔다.

"노인께서 이리로 올라오시겠소, 아니면 내가 그곳으로 내려가야 하는 거요?"

허민오가 눈을 떴다.

두 사람이 서로를 보고 있었다.

한 사람의 얼굴에는 희미한 미소가, 다른 사람의 얼굴에는 피가 묻어 있었다.

그리고 허민오가 천천히 말했다.

"제가 올라가겠습니다."

"다친 데는 없느냐?"

허민오의 가슴에 안겨 있는 사내아이가 눈을 크게 떴다.

사내아이의 얼굴은 환하게 밝아졌다. 지금까지 눈길조차 주지 않던 사부님이 드디어 자신을 보고 있었다.

"사, 사부님, 명아는… 명아는……."

아이는 청효자의 오른손을 보면서 울먹거렸다.

청효자가 못마땅하다는 듯이 눈을 크게 찌푸렸다.

"사내놈이 또 울다니……! 내 그리 가르치지 않았거늘."

그러자 사내아이는 주먹으로 눈을 쓱 훔치며 고개를 크게 흔들었다.

청효자가 인상을 풀었다.

더 이상 울지 않겠다는 듯이 입을 꼭 다물고 있는 아이의 모습이 제법 다부지게 보였다.

만약 사내아이가 자신의 가슴에 안겨 있었다면 청효자는 틀림없이 아이의 머리를 쓰다듬어 주었을 것이다.

"아까 그 일이라면 다 알고 있다."

청효자가 빙긋이 웃었다.

"넌 이제 그만 가보거라. 아마 네 아버지의 수하가 이 근처에서 우리를 지켜보고 있을 것이다. 그 사람이 집으로 데려다 줄 게야."

"하지만……."

사내아이는 자신을 안고 있는 허민오를 돌아보았다.

"걱정 말거라, 이 사부가 다 알아서 할 테니. 그 할아버지는 두 번 다시 널 괴롭히지 못할 게야."

허민오는 바보가 아니다.

청효자가 하는 말뜻을 모르지는 않았다. 아무것도 모르는 어린아이를 그만 괴롭히라는 뜻일 것이다.

허민오는 고개를 숙여 사내아이를 내려다보았다.

"……하나만, 단 한 가지만 약속해 주시겠습니까? 그럼 이 아이를 풀어주겠습니다."

허민오는 고개를 들지 않았다.

청효자가 말한다.

"이 상황에서도 조건이라… 노인께선 그런 말을 할 입장이 아닐 텐데?"

"제 입장은 별 상관이 없습니다. 그리고 당신께서 원하기만 하면 이 늙은이의 목쯤이야 언제라도 가져가실 수 있다는 것도 잘 알고 있습니다."

그제야 고개를 들어 청효자를 쳐다보는 허민오의 눈동자가 마구 흔들렸다.

"하아, 하지만 그 이전에 이 아이는 죽을 것입니다."

청효자는 자신을 가만히 쳐다보는 주름진 얼굴에서 진심을 읽을 수 있었다.

청효자가 고개를 끄덕인다.

"들어나 봅시다, 어디……."

"고맙습니다."

허민오는 가벼운 목례를 취하고 말을 이었다.

"우리… 그러니까 나와 그 여자 아이를 이대로 놓아주실 수는 없겠습니까?"

청효자가 피식 웃었다.

"말이 된다고 생각하시오?"

"그 여자 아이가 어쩌다 그런 모습이 된 것인지 아십니까?"

"다른 사람들처럼 고루노괴가 납치해서 맘대로 해버린 것으로 생각하는데?"

"그걸 알고 계시면서도 그 불쌍한 아이를……."

"허 노인."

청효자가 허민오의 말을 가로챘다.

"당신은 큰 착각을 하는 모양이구려. 그 아이가 납치를 당했든 어쨌든 그런 건 지금 중요하지가 않소."

"……?"

"지금 이 시점에서 중요한 건 그 여자 아이는 고루노괴가 만들어낸 살아 있는 사람을 씹어 먹는 마물이라는 것이오. 게다가 그 아이가 불쌍하다고 하셨소?"

청효자는 이해를 못하겠다는 듯이 고개를 갸웃거렸다.

"말도 안 되는 궤변은 이쯤에서 끝내는 게 좋겠소. 그 여자 아이가 자신의 의지와는 전혀 상관없이 마물이 되었기 때문에 애처롭다고 말하고 싶은 거요? 하면 그 여자 아이에게 뜯어 먹힌 사람들은 어떻소?"

"……!"

"아무런 죄도 없이, 단지 사람을 씹어 먹는 마물을 길에서 만났기 때문에 죽어야만 했던 그들에 대한 노인의 생각은?"

청효자가 어디 한번 대꾸해 보라는 듯이 허민오를 가만히 쳐다보았다.

허민오는 잠시 동안 아무런 말도 하지 못했다.

따져 보면 청효자의 말은 전부가 옳다.

청효자의 말처럼 '그녀' 는 죽어 마땅한 괴물이다.

"하아……."

허민오가 하늘을 올려다보았다.

뜨거운 여름날의 태양은 슬슬 서쪽 하늘로 넘어가고 있었다.

잠시 후 허민오가 입을 열었다.

"왜 그렇게 고루노괴가 만들어낸 괴물에게 집착하시는 것입니까? 천하제일인이라는 양반이……."

"노인께서는 정말 모르시는 거요?"

허민오가 왜 모르겠는가. 그 자신도 복수를 다짐하면서 일곱 달 동안이나 병상에 누워 있었는데…….

그렇지만 허민오는 고개를 저었다.

"모르겠습니다."

"그 마물이 살아 있으면 틀림없이 아무 죄도 없는 사람들이 죽어 나갈 것이오. 노인께선 남겨진 사람들의 슬픔을 생각해 본 적이 있으시오? 죽은 사람을 생각할 때마다 창자가 끊어지는 것처럼 배가 아프고 가슴은 마치 무거운 돌덩이라도 올려둔 것처럼 숨이 막힌다오."

"……."

"내가 그 고통을 너무나도 잘 알기 때문에 다른 사람들에게 그런 슬픔을 주고 싶지 않소이다."

"단지 그 이유뿐입니까?"

"또 다른 이유가 필요한 거요?"

청효자가 되물었다.

허민오는 고개를 저었다.

"그런 게 아니라… 그런 거창한 핑계 말고 당신의 진짜 속마음을 물어보는 겁니다."

"노인은 내가 지금 그 마물을 죽이기 위해 이유를 갖다 붙이기라도 한다는 것이오?"

청효자는 허민오를 노려보았다.

한데 허민오가 이번에는 아주 엉뚱한 이야기를 꺼내는 게 아닌가?

"비슷한 일을 겪은 사람들은 같은 냄새가 난다고 합니다. 그래서 가끔 저승에서 온 사자(使者)들이 오해를 하고 잘못 데려가는 경우도 많다고들 하지요."

청효자는 그건 또 무슨 소리냐는 듯이 인상을 살짝 썼다.

허민오가 입을 다물었다.

잠시 후 허민오는 담담한 목소리로 이렇게 말했다.

"어젯밤에도 누이동생이 나타나는 꿈을 꾸셨습니까?"

"……!"

청효자의 눈에서 칼날 같은 섬뜩한 안광이 폭사되어 나왔다.

무시무시한 눈빛이었다.

하지만 청효자의 입에서 흘러나오는 목소리는 아주 차분했다.

"하고 싶은 말이 정확히 어떤 것이오?"

"나는 지금 당신에게 생각을 바꾸라고 말하고 싶은 겁니다."

"생각을 바꾼다……?"

청효자가 관심을 보였다.

허민오는 기회를 놓치지 않고 말했다.

"나는 그 여자 아이를 데리고 기련산으로 갈 생각입니다. 그곳에서 그 아이를 사람으로 되돌릴 수 있는 방법을 찾겠습니다."

허민오는 아직도 포기하지 않았다.

아니, 도저히 포기할 수가 없었던 것이다.

'그녀'의 소원은 예전처럼 예뻐지는 것이다.

단지 그것뿐……

다른 사람들은 어찌 생각할지 모르겠지만 허민오에겐 그녀의 작은 소원은 굉장히 큰 의미를 지닌다.

육 년 전, 손자가 눈앞에서 죽어 나갈 때 허민오는 손자 녀석을 내팽개치고 도망쳤었다.

그 일만 생각하면 지금도 가슴이 아파온다.

자신이 도망치지만 않았어도……

허민오는 고개를 살짝 흔들었다.

이젠 누군가를 내버려 두고 혼자서 도망치는 일은 없다!

후회는 한 번이면 족하다.

두 번 다시 똑같은 일은 반복되지 않을 것이다.

허민오는 청효자를 물끄러미 쳐다보았다.

그는 자신과 비슷한 경험을 한 바 있는 청효자가 그것을 알아주길 바랐다. 그러나……

청효자는 피식 웃으면서 이렇게 물었다.

"그 마물을 사람으로 되돌린다. 그게 가능할 것 같소?"

"해보지 않고는 모르는 일이지요."

"그렇군."

청효자는 고개를 끄덕이며 말했다.

"하지만 그건 나와 전혀 상관없는 일이오."

일곱의 여섯

팟—

허민오가 다람쥐처럼 나무 위로 올라간다.

경공만은 누구한테도 뒤지지 않을 자신이 있었다.

하지만 나뭇가지 위에서 발 밑을 내려다보자 아찔한 현기증이 일어났다.

허민오는 눈을 질끈 감았다. 높은 곳은 딱 질색이다.

그리고 허민오가 살며시 눈을 떴을 때 그는 나무 밑에 서 있는 청효자를 발견했다.

꽝!

폭음이 들리고 푸른 섬광이 번뜩였다.

허민오가 올라간 나무가 한쪽으로 기우뚱하면서 그의 몸이 밑으로 뚝 떨어질 것만 같았다.

허민오는 잽싸게 몸을 날렸다.

"재밌군!"

청효자는 뒤쪽에 있는 나무로 몸을 날린 허민오를 보면서 희미하게 웃었다.

천적에게 쫓기는 날다람쥐마냥 나무 사이를 왔다 갔다 하는 허민오의 모습이 재밌기는 했다. 하지만 저따위 잔재주로 자신을 따돌릴 수 있다고 생각하고 있는 것인가?

청효자는 허공에 한일 자를 쓰듯이 송문검을 들고 옆으로 그었다.

꽈아아앙!

송문검에서 일어난 시퍼런 검기는 숲의 한 귀퉁이를 휘어감았다.

"이, 이런 일이⋯⋯!"

자신이 올라간 나무가 푸스스 괴이한 소리를 내면서 먼지처럼 흩어지는 광경에 허민오는 깜짝 놀랐다.

허민오가 하늘 높이 날아올랐다.

잠시 후 송문검이 마술처럼 만들어낸 시퍼런 빛의 무리가 사그러들었다. 그리고 허공에서 발 밑을 내려다본 허민오는 그만 할 말을 잃었다.

무려 십여 장⋯⋯.

나무 한 그루, 풀 한 포기조차 남아 있지 않았다. 그토록 울창하던 숲이 단 한 번의 칼질 때문에 폐허가 되어버린 것이다.

청효자는 고개를 뒤로 젖혔다.

땅으로 내려오는 허민오의 모습이 눈에 들어왔다. 그리고 사뿐히 땅 위에 착지한 허민오를 보면서 청효자가 빙그레 웃었다.

"살아 계셔서 다행이오. 하도 오랜만에 써본 기술이라 힘을 제대로 조절할 수가 없었는데……"

넋이 빠진 사람처럼 멍하니 청효자의 푸른 얼굴을 바라보고 있던 허민오가 그제야 정신을 차린 것 같았다.

청효자는 희미하게 웃었다.

웃으면서 말했다.

"자, 이제 그 가슴에 안겨 있는 내 제자를 돌려주고 그 마물을 어디에 숨겼는지 말해 주시오."

"아……!"

허민오가 숨을 죽였다.

청효자는 송문검을 불쑥 내밀었다.

허민오의 눈동자가 마구 흔들렸다. 그러나 갈등의 시간은 극히 짧았다.

예상치 못한 일이 벌어졌다.

허민오가 사내아이를 가슴에 꼭 끌어안고 송문검을 향해 무작정 돌격해 들어가는 게 아닌가?

오히려 다급해진 건 청효자였다.

"이런……!"

청효자의 얼굴이 해쓱해졌다.

거리가 너무 가까웠기 때문에 송문검을 회수하긴 불가능했던 것이다.

'이럴 생각이 아니었는데……'

단순히 위협만 할 생각이었는데…….

청효자가 눈을 부릅떴다.

푸욱―

송문검이 아이의 여린 속살을 파고들었다.

청효자는 송문검의 손잡이를 놓고 무릎을 털썩 주저앉았다.

땡그랑!

송문검이 땅바닥에 떨어졌다.

하나 청효자는 송문검 따위에 신경 쓸 겨를이 없었다.

청효자의 눈앞에는……

아무도 없었다.

혹시 하는 마음에 바닥을 살펴보았지만 피 한 방울 떨어져 있지 않았다. 다만 자신의 곁을 지나간 듯한 발자국만이 선명하게 찍혀 있었다.

일곱의 일곱

아주 오래전의 일이다.

사형인 고루노괴가 '거기'에 까만 털이 세 개나 났다고 좋아하던 그해 겨울.

어느 날인가 사부는 어린 제자들을 불러놓고 이렇게 말했다.

*   *   *

잊지 마라.

섭혼술……

그러니까 사람에게 어떤 암시를 걸어 그자가 환각 상태에 빠지게 만들려면 우선은 그 사람의 시선을 사로잡아야만 한다.

도구는 무엇이라도 상관없다.

다만 그 사람이 아주 소중하게 생각하는 것들을 쓰는 게 가장 좋다.

가령 몇십 년 동안 자식을 못 낳다가 늘그막에 아이를 낳은 여자가 있다고 치자.

아마도 그 여자에게 목숨보다 소중한 게 있다면 바로 그 아이일 게야. 그렇지?

한데 그 여자의 눈앞에서 아이가 떨어진다면 어떨까?

그 여자는 틀림없이 자신의 아이를 받아내기 위해 온 신경을 집중할 것이다.

그렇게 온 신경을 집중하고 있을 때,

바로 그때가 암시 걸기 가장 좋은 상태인 게야.

또 다른 방법은 사람의 눈살을 찌푸리게 만드는 것인데······

지금 너희들 발 밑에 있는 모닥불을 차서 상대를 깜짝 놀라게 만드는 것도 하나의 방법이야. 뜨거운 걸 피하는 것은 본능적인 일이니까.

이유는 크게 다르지 않아. 갑자기 날아온 물건을 피할 때만큼은 그 사람의 집중력은 배가······

쯧쯧, 두 놈 다 이해를 못한 모양이구나.

잠시만 기다리거라.

이 실을 둘이서 잡아당겨 보아라.

…그만 되었다.

그대로 있거라.

지금부터 잘 보거라.

난 이 실 위에 이렇게 손가락을 살짝 올려두겠다.

보았느냐?

지금 너희들 손에서 팽팽하게 잡아당겨진 이 실은 내가 이렇게 손에

힘을 주는 것만으로도 끊을 수가 있다.

사람의 마음도 이와 마찬가지야.

무언가에 집중하면 할수록 암시에는 걸려들기 쉬운 법이지.

제20장
할아버지는 그때…….

여덟의 하나

7월 15일 낮.

"헉헉……."

숨이 턱까지 차왔다.

심장이 그대로 터져 나갈 것만 같았다. 또 다리는 납이라도 달아둔 것처럼 마음먹은 대로 움직여 주지 않았다.

결국 허민오는 몇 걸음 떼어놓지도 못하고 땅바닥에 주저앉았다.

"하아악! 하악! 하!"

허민오는 나무에 등을 기댄 채 가쁜 숨을 몰아쉬었다.

한참 후,

그는 등 뒤를 돌아보았다.

'여기까지 도망쳐 왔으니 당분간은…….'

허민오는 가슴에 안겨 있는 사내아이를 쳐다보았다. 아이는 고른 숨

소리를 내쉬며 잠을 자고 있었다.

허민오가 미간을 살짝 찌푸렸다.

'쯧쯧, 얼마나 피곤했으면……'

측은하단 생각이 든 허민오는 사내아이를 바닥에다 살며시 눕혔다.

차가운 땅바닥의 기운 때문일까?

아이는 몇 번 꿈틀대더니 본능적으로 몸을 동그랗게 말았다.

허민오는 머리를 뒤로 젖혀 조금 더 편한 자세를 취했다.

이대로 잠이라도 한숨 푹 자고 싶다는 생각이 문득 들었다.

만약 그때 나무들 사이로 폭포수처럼 쏟아지는 눈부신 햇살을 보지 않았다면 그는 눈을 감았을 것이다.

허민오가 고개를 살짝 흔들었다.

'그래, 아직은 쉴 때가 아니지. 적어도 저 해가 서산으로 넘어갈 때까지는……'

자리에서 일어난 허민오가 옆으로 돌아섰다.

허민오는 희미하게 웃었다.

잠을 자는 사내아이의 얼굴은 너무나도 예뻤다.

몸을 잔뜩 구부린 허민오는 조심스레 사내아이의 고사리 같은 손을 잡고 아이를 향해 등을 돌렸다.

그런데 막 허민오가 사내아이를 등에 업으려고 때였다.

부스럭거리는 소리와 함께 나무 뒤에서 사람의 그림자가 아른거렸다.

여덟의 둘

부스럭거리는 소리!

허민오가 몸을 잔뜩 웅크렸다.

사냥감을 응시하는 표범이 도약을 위해 바짝 긴장한 듯한 모습이었다.

나무 뒤에서 어른거리는 사람의 그림자!

휘익……!

허민오의 몸이 앞으로 쏘아져 나갔다.

그리고 발톱을 세운 곰의 앞발이 허공을 가르듯이 그의 손이 앞으로 쭉 뻗었다.

빡!

그 손이 나무 뒤에서 돌아 나오는 사람의 머리통을 때렸다.

잘 익은 수박이 깨지듯이 그자의 머리통이 박살났다.

한데 당황한 사람은 오히려 허민오였다.

"주, 죽다니?!"

자신의 뒤를 쫓고 있는 사람은 다른 누구도 아닌 청효자다.

그 사람은 천하제일인이란 말이다!

아무리 자신이 기습적으로 공격했다손 쳐도 그 사람이 이렇게 허무하게 죽을……?

믿어지지 않는다는 듯이 자신의 손을 멍하니 보고 있던 허민오가 바닥을 내려다보았다.

완전히 으깨진 머리 옆에 떨어져 있는 작은 모자, 그리고 파란 관복(官服)과 허리에 차고 있는 붉은 포승(捕繩)이 차례대로 허민오의 눈에 들어왔다.

"포, 포쾌?"

야릇한 기분이 되었다.

자신의 손에 죽은 사람의 정체를 확인하자 안심이 되면서 숨통이 탁 트이는 느낌까지 들었다.

허민오는 그렇게 한동안 죽은 포쾌를 내려다보았다. 등에 매달려 있는 사내아이가 다급하게 자신을 부를 때까지 말이다.

"저, 저기……."

"왜 그러느냐?"

허민오는 고개를 뒤로 돌렸다.

등에 업혀 있는 사내아이가 몸을 떨면서 부끄럽다는 듯이 조그맣게 말했다.

"싸, 쌀 것 같아요."

아이는 고개를 푹 숙였다.

처음에는 무슨 소린지 몰라 어리둥절해하던 허민오가 빙그레 웃었다.

허민오는 얼른 사내아이를 내려놓았다.

사내아이의 두 다리가 배배 꼬이기 시작했고 아이의 양손은 바지춤을 풀기 위해 바빠졌다. 한데 마음만 다급해서인지 바지가 잘 내려가지 않았다.

보다 못한 허민오가 아이에게 다가가 바지를 내려주었다.

작은 양물(陽物)이 허민오의 눈앞에 나타났다.

아이는 얼굴을 붉히며 그 조그만 양물을 부여잡았다.

그리고 얼른 나무 뒤로 돌아간 사내아이의 얼굴이 조금씩 밝아졌다.

"허허……."

사내아이의 모습이 너무나도 귀여워서 허민오는 저도 모르게 너털웃음을 터뜨렸다.

여덟의 셋

'오줌 냄새……?

싱그러운 풀 냄새 속에 희미하게 섞여 있는 야릇한 냄새가 청효자의 발걸음을 멈추게 만들었다.

청효자는 고개를 저었다.

정말이지, 대책없는 노인이다.

상대의 추격을 뿌리치기 위해선 가장 먼저 자신의 냄새를 없애야 한다. 그 어떤 이유에서든 냄새를 피운다는 것은 있을 수가 없는 일이다.

그 노인은 큰 실수를 저지른 것이다.

반대로 청효자에겐 이 추격을 끝내고 자신의 제자를 찾을 수 있는 기회였다.

청효자는 냄새를 따라가기 시작했다.

지란내가 짙어졌다.

소나무 한 그루가 서 있었다. 지란내는 그 소나무 밑둥치에서부터 시작되었다.

나무 주위를 훑어보는 청효자의 눈빛이 달라졌다.

소나무 뒤쪽에는 덩굴이 잔뜩 있었고 그 사이로 옷자락이 언뜻 보였다.

'저런 매복 실력으로 나에게 기습적인 공격을 가하겠다는 말인가?'

어이가 없어진 청효자가 빙긋이 웃었다.

하기야 천하제일인이라고까지 불리는 자신이 뒤를 쫓는다는 것은 상대에게 엄청난 중압감을 줄 것이다. 그 중압감에 시달리다 보니 저도 모르게 저런 실수도 한 것이겠지.

청효자는 말없이 고개를 들었다.

유난히 긴 가지가 눈에 들어왔다.

청효자는 가지 위로 사뿐히 올라섰다. 그리고 그는 가지를 힘있게 눌러보았다.

단단했다.

한 사람의 무게는 너끈히 견딜 수 있을 것 같았다.

조심스레 가지 위에 앉은 청효자는 덩굴 사이로 언뜻 보이는 옷을 살펴보았다.

청효자는 소나무에서 내려서기 위해 몸을 돌렸다.

아니, 돌리려고 했다.

쓰윽―

그때 길쭉하고 끝이 뾰족한 무엇이 청효자의 관자놀이를 노리고 들어왔다.

청효자의 얼굴이 해쓱해졌다.

막 날카로운 나뭇가지가 청효자의 머리를 꼬치 꿰듯이 관통할 찰나,

빙글—

청효자는 양다리로 가지를 붙잡고 몸을 밑으로 떨어뜨렸다.

소나무 밑에서 청효자가 고개를 돌렸다.

십여 장 정도 떨어진 곳에 사람 하나가 섬전 같은 속도로 내달려 가는 모습이 눈에 들어왔다.

그리고 덩굴 속에서 청효자가 찾은 것은 머리가 절반쯤 부서진 포쾌의 시체였다.

"나는 아직도 멀었구나."

시체를 덮어놓은 겉옷을 보면서 상대를 과소평가한 자신을 떠올리며 청효자가 쓸쓸하게 웃었다.

청효자는 하늘을 올려다보았다.

벌써 해는 중천을 지나 서산으로 넘어가고 있었다.

"그나저나… 이대로 가다가는 아무런 수확도 없이 시간과 체력만 소모하는 결과가 될 것 같구나. 그 노인을 스스로 내 앞에 나타나게 할 만한 방법이 없는 겐가?"

무언가를 골똘히 생각하는 것처럼 청효자가 눈을 감았다.

잠시 후 눈을 뜬 청효자가 다시 중얼거렸다.

"역시… 그 마물을 찾는 게 가장 빠른 방법이겠지."

자신이 제자에게 집착하듯이 허 노인은 그 마물에게 집착하고 있다.

그렇다는 건……?

청효자는 돌아섰다.

허민오가 뛰어간 곳과는 정반대 방향이었다.

"내가 그 마물 곁에 있으면 허 노인은 반드시 내 눈앞에 나타날 게 야."

그 시각, 허민오는 숲을 빠져나가고 있었다.

여덟의 넷

막 숲을 빠져나오던 허민오가 가장 먼저 본 것은 시커먼 연기가 숲을 뒤덮는 광경이다.
그리고 메케한 화약 냄새와 큰 폭음…….
허민오는 재빨리 사내아이의 입을 틀어막고 풀숲으로 몸을 숨겼다.

*　　　*　　　*

한비는 팽운상의 등에 업혀 있었다.
그는 멍한 눈으로 팽운상의 허벅지 근처에서 흔들거리는 자신의 왼쪽 다리를 내려다보았다. 제멋대로 움직이는 그 다리를 보며 한비가 눈물을 글썽거렸다.
아팠다, 무지.
마음이…….

한비는 눈을 감았다.

얼마 전에 일어난 일이 하나둘씩 눈앞에서 떠오른다.

어찌 된 일인지 그토록 거세게 밀고 들어오던 포쾌들이 썰물이 빠지듯이 떠나가자 남은 것은 산을 이루고 있는 시체뿐이었다.

"땅을 파라."

한비는 그때 살아남은 첩혈대원들에게 지시를 내렸다.

그의 생각을 알아차린 첩혈대원들은 묵묵히 커다란 구덩이를 팠고 죽어 있는 사람들을 그 구덩이에다 몰아넣었다. 그리고 흙으로 구덩이를 메우려고 했을 때다, 그 일이 일어난 것은.

등 뒤에서 어마어마한 폭음이 터졌다.

돌아보니 메케한 연기가 온 사방을 뒤덮고 있었다.

무언가 날아온다는 사실은 알았지만 한 치 앞도 제대로 볼 수 없는 그 상황에서 무자비하게 날아온 돌덩이를 피하기란 도저히 불가능했다.

쇠망치가 아랫배를 강타하는 것 같았다.

"푸악"

입에서 선혈을 뿜어낸 한비가 벌렁 드러누었다. 그리고 하늘 높이 치솟은 검은 연기를 가만히 쳐다보던 한비의 입에서 비명이 터진 것은 바로 그때였다.

제법 시간이 자났다.

연기가 조금 흩어지면서 시야가 정돈되었다.

고개를 숙이자 자신의 두 다리를 내리누른 거대한 바윗덩이를 보았다. 여기저기서 비명이 들려왔다.

이때까진 그나마 정신을 차리고 있었다.

하지만 첩혈대원들이 달려와 돌덩이를 치웠을 때 살아남았다는 사실이 강하게 생각나면서 의식이 희미해졌다. 맥이 탁 풀린 것이다.

한비가 눈을 떴다.

그 눈이 살아남은 첩혈대원들의 숫자를 세기 시작한다.

열셋······.

눈가가 뜨거워지면서 눈물이 핑 돌았다.

언제나 말없이 자신의 등을 지켜주던 곽삼(郭三)도, 높은 양반들의 이야기만 나오면 치를 떠는 최씨(崔氏)도 그곳엔 없었다.

한비는 눈물을 감추기 위해 고개를 들었다.

하늘은 맑았다.

구름 한 점 없었다.

"······?"

누군가 어깨를 두드리자 한비가 고개를 돌렸다.

앵무와 나란히 서 있는 노백이었다.

노백은 착 가라앉은 눈으로 한비를 쳐다보았다.

여전히 흔들림없는 모습이다. 하지만 하룻밤 사이에 폭삭 늙어버린 것 같은 느낌이 드는 것은 한비의 착각일까?

그리고 또 다른 한 사람이 그 부부 뒤에서 한비를 물끄러미 쳐다보고 있었다.

일체 감정이 담겨 있지 않은 유리알 같은 눈.

방지웅이었다.

"지웅!"

"네."

"총당으로 돌아간다."

말과 함께 노백이 돌아섰다.

하지만 그의 옆에 있는 앵무는 한비를 빤히 쳐다보고 있었다.

씽글……

앵무가 환하게 웃었다.

그녀의 눈가에 잡히는 매력적인 주름을 보면서 한비는 이마를 꾸겼다.

한비는 고개를 돌려 버렸다.

앵무는 노백과 나란히 걸어가고 있었다.

그러나 앵무는 몇 걸음 걸어가기도 전에 멈춰 서야만 했다.

노백이 그녀의 손을 잡고 끌어당기고 있었다.

앵무는 무슨 뜻이냐는 듯이 노백을 돌아보았다.

노백은 눈짓을 보냈다.

앵무는 그가 가리킨 곳으로 눈길을 돌렸다.

그녀가 고개를 갸웃거렸다. 그녀의 앞에는 울울창창(鬱鬱蒼蒼)한 숲이 있었다.

숲은 조용했다.

아무 소리도 들리지 않았다.

단지 그뿐이다. 딱히 이상한 점은 발견할 수 없었다.

하지만 앵무도 직감적으로 느낄 수 있었다.

말로는 도저히 설명할 길이 없지만 이 숲으로 들어가면 무언가 위험한 일을 겪을 것만 같았다.

"조용한 숲은 의심부터 해야 한다."

뒤에서 한비의 목소리가 들렸다.

앵무가 그를 돌아보았다.

한비는 희미하게 웃고 있었다.

"다행입니다. 아직 제 말을 잊지 않으셨군요."

앵무는 그 말이 자신에게 한 것이 아님을 알기에 노백을 바라보았다.

노백은 여전히 눈앞에 펼쳐진 숲을 노려보면서 고개를 끄덕였다.

"어쩌실 겁니까?"

한비가 물었다.

노백은 대답이 없었다.

아니, 한비의 물음에 대답이나 하고 있을 상황이 아니었다.

노백은 앵무의 손을 잡고 옆으로 훌쩍 몸을 날렸다.

숲 속에서 까만 공이 하나 날아왔다.

여덟의 다섯

꽈꽈꽝!

땅이 움푹움푹 파이면서 시커먼 연기가 뭉게뭉게 피어올랐다.

하지만 폭약은 그 이상의 피해는 주지 않았다.

새하얀 종이에 까만 먹물이 번지듯이 주위를 새카맣게 물들이며 시야를 온통 가로막았을 뿐이다.

연막탄(煙幕彈).

궁지에 몰린 도둑이 자신의 종적을 감추기 위해 사용하는 물건이다.

주위가 한없이 조용해졌다.

연막탄에서 피어오른 연기가 가라앉을 때까지 적막이 감돌았다.

시간이 흐르자 연기는 차츰 공기 중으로 흩어지고 시야가 제법 정돈되었다.

노백은 앞을 가로막은 일단의 무리를 발견했다. 그리고……

"기다리고 있었습니다."

조빙의 호위를 받으며 그 무리 속에서 걸어나오는 당가의 가주는 히죽 웃고 있었다.

노백은 등 뒤를 돌아보았다.

그의 안색이 어두워졌다. 어느새 파란 관복을 입은 포쾌들이 나타나 첩혈대원들을 둘러쌌다.

앞에는 당가의 정예들…

뒤쪽은 법을 지키는 포쾌…

진퇴양난(進退兩難)이란 말은 이럴 때 쓰이나 보다.

노백은 자신의 손 위에 올려져 있는 작은 병을 보고 있었다.

새빨간 액체가 절반쯤 담겨 있는 투명한 유리병.

그것은 새끼손가락 정도 되는 크기였다.

"…당신, 아직도 이걸 원하나?"

말과 함께 노백이 고개를 들었다.

당가의 가주는 몸을 한차례 부르르 떨었다.

"처, 천애지독!"

가주의 눈이 빛났다.

'저 유리병 안에 담겨 있는 붉은 액체만 손안에 넣을 수 있다면……'

가주가 마른침을 삼켰다.

'꿈속에서라도 만들고 싶었던 독인(毒人)을 내 손으로 만들어낼 수 있다!'

가주의 얼굴을 살피던 노백이 씩 웃었다.

굳이 대답을 기다릴 필요가 없었다.

유리병을 쳐다보는 가주의 눈이, 탐욕에 휩싸여 번들거리는 그 눈이 말해 주고 있었으니까.

노백이 입을 열었다.

"이걸 당신에게 줄 수도 있다."

"대체 무슨 소리예요!"

그의 옆에서 듣고만 있던 앵무가 빽 고함을 질렀다.

"그 물건이 어떤 물건인데 저딴 인간한테 줘요!"

"그만!"

노백이 앵무를 돌아보고 검지를 들어 입술에 딱 붙였다.

앵무가 그를 노려보았다.

노백은 그녀의 시선을 피하지 않았다.

잠시 후 앵무의 미간이 살짝 찌푸려지는가 싶더니 그녀가 '흥' 하고 콧방귀를 뀌고 고개를 돌려 버렸다.

노백이 가주를 돌아보았다.

"길을 열어라."

"흐음……."

가주의 왠지 시큰둥한 표정으로 말했다.

"지금 노백께서는 자신의 입장을 잘못 알고 계시는 모양이구려. 당신들을 완전히 포위한 이 상황에서 내가 그 말을 들어야 할 이유가 있다고 보시오?"

"물론이다."

예상했던 반응이라 노백은 고개를 끄덕일 수 있었다.

노백은 말을 이었다.

"어릴 때 도축장에서 일한 적이 있다."

"난데없이 무슨 소리인지……?"

"끝까지 들어라."

노백의 말이 가주의 심기를 약간 건드렸나 보다.

미간을 크게 찌푸린 가주가 노백을 가만히 쳐다본다.

노백은 아랑곳하지 않고 말을 계속했다.

"도축장이라고 해서 소나 돼지를 죽이는 짓만을 하진 않는다. 그것들을 키우기도 하는데."

"……."

"내가 처음 맡은 일은 돼지를 키우는 것이었다. 한데 돼지란 동물은 밥만 먹여주면 다른 데는 도통 관심이 없었다."

"대체 그 이야기는 왜 하는 것이오!"

가주가 버럭 소리를 질렀다. 참고 가만히 들어줄까도 생각했지만 도저히 그럴 수가 없었다. 저 귀한 천애지독을 앞에 놔두고 도축장 이야기나 지껄이다니……

이 사람이 제정신이 박혀 있는 사람인지 의심이 들었다.

도축장에서 소를 잡을 때 독을 먹이기라도 한단 말인가?

스스로가 생각해 보아도 자신의 생각이 너무나도 한심해서 가주는 픽 하고 헛웃음을 터뜨렸다.

노백도 희미하게 웃었다. 하지만 그 웃음은 가주의 그것과는 전혀 다른 의미였다.

천천히 노백이 말했다.

"간단한 이야기다. 밥만 먹여주면 좋아하는 돼지 새끼 목에 진주를 걸어둔다고 소용이 있을까?"

"흐음……"

"마찬가지다. 당신과 이 여자에겐 이 물건이 아주 소중하겠지만 나에겐 그저 처치 곤란한 쓰레기밖엔 안 된다."

"감히……!"

가주가 화를 냈다.

남들이 보기엔 어리석게 느껴지는 사소한 일일지라도 절대로 양보할 수 없는 소중한 무언가가 있는 법이다.

자신은 목숨을 걸면서까지 구하려고 하는 천애지독을 한낱 쓰레기로 치부하는 노백의 말을 듣자 참을 수가 없었던 것이다.

노백은 피식 웃었다.

"나는 당신과 이 여자가 이해가 안 된다. 이딴 쓰레기 같은 물건 때문에 이십 년을 고생하다니. 솔직히 조금 우습기도 하다."

불난 집에 기름을 붓는 격이었다.

가주의 눈에서 새하얀 광망(光芒)이 뿜어졌다.

도저히 용서가 되지 않았다. 그리고 가주의 몸에서는 희미한 약초 냄새가 흘러나왔다.

가주의 얼굴이 시커멓게 변했다.

몸에서 흘러나오는 약초 냄새가 아주 역겹게 변했다.

가주의 몸 주위로 아지랑이 같은 게 피어오르는가 싶더니 금세 검은 구름 같은 것이 뭉게뭉게 피어올랐다. 그리고……

검은 구름은 일직선으로 쏘아지듯이 노백 앞으로 날아왔다.

구름 속에선 손 하나가 불쑥 튀어나왔고 그 손에는 유엽비도(柳葉飛刀)가 들려 있었다.

전광석화 같은 몸짓이었다.

하나 노백의 행동은 더 빨랐다.

검은 구름이 자신에게 날아온다고 느꼈을 때 이미 노백은 옆에 있는 앵무를 저만치 밀쳐 냈다. 그와 동시에 그는 왼쪽으로 몸을 날렸다.

적진으로 뛰어든 노백이 가장 먼저 한 일은 주먹을 들어 올리는 것이었다.

퍽!

노백의 주먹은 맨 앞줄에 서 있던 뚱뚱한 사내의 아랫배를 강타했다.

사내는 붕 떠서 뒤로 날아갔다.

노백이 슬쩍 인상을 썼다. 정권 찌르기가 '진짜 제대로' 맞았을 땐 그 상대는 그대로 혼절을 하거나 앞으로 꼬꾸라지는 게 보통이다. 지금처럼 상대가 뒤로 날아갔다는 건 자기 스스로가 몸을 날려 충격을 최대한 완화시켰다는 뜻이다.

노백의 예상대로 뚱뚱한 사내는 동료들이 몸으로 만든 벽에 부딪치고도 아무렇지도 않다는 듯이 씩 웃었다.

그러나 노백은 웃지 않았다.

하나를 보면 열을 안다고 했다. 지금 자신 눈앞에 있는 자들은 하나같이 그 뚱뚱한 사내와 비슷한 실력, 혹은 그 이상일지도 모른다는 생각이 문득 들었다. 실전 경험이 풍부한 자들로 구성된 '진짜'들 말이다.

그것을 증명이라도 하듯이 네 개의 인영이 노백의 정면으로 쏟아져 들어왔다.

노백은 막 그들에게 몸을 날리려다가 무언가 이상한 기운을 느끼고 허공을 올려다보았다.

태양을 등지고 까마득한 허공에서 떨어져 내리는 두 개의 인영이 시야에 들어왔다. 동시에 등 뒤에서도 섬뜩한 기운이 빠른 속도로 쏟아져 들어오는 것이 느껴졌다.

자신의 몸이 촘촘한 거미줄에 걸린 듯했다.

피할 곳은 없었다.

현기증마저 일어났다.

하나 주저하고 있을 시간이 없었다. 순식간에 결단을 내린 노백은 앞으로 돌격해 들어갔다.

쐐액—

네 개의 칼날이 새하얀 섬광을 피워 올리며 노백의 코앞으로 날아들었다.

노백의 몸이 좌우로 세차게 흔들렸다.

파파파팟—

네 개의 칼날이 요동 치는 그의 몸을 격중시키지 못하고 스쳐 지나갔다.

바로 그 순간,

놀라운 일이 벌어졌다.

푸악—

자욱이 피어오른 피 안개 속에서 머리통 세 개가 공중으로 떠올랐다.

그때 노백의 오른손은 맨 왼쪽에서 공격해 들어온 인영의 멱살을 쥐고 있었고, 왼손은 안령도(雁翎刀)를 쥐고 있는 하나의 손목을 움켜잡고 있었다. 그리고 안령도 끝에서는 핏물이 주륵 흘러내렸다.

노백은 그자와 함께 뒤로 벌렁 드러누웠다.

팟—

그자의 몸이 난데없이 허공으로 떠올랐다.

손발을 허우적거리며 공중으로 날아간 그자의 아랫배에는 신발 자국이 선명하게 찍혀 있었다. 그리고 허공에는 노백의 머리를 노리고 내려오는 세 자루의 칼이 있었다.

퍼퍼픽—

세 개의 칼날이 정확하게 그자의 몸 위로 떨어졌고,

"크아아아악!"

비명과 함께 잘려진 그자의 몸뚱이가 사방으로 흩어졌다.

그리고 노백의 뒷등을 노리고 날아온 칼날이 이번엔 그의 눈앞을 스쳐 지나갔다.

노백은 손을 뻗어 그 칼을 쥐고 있는 팔목을 꽉 움켜잡았다.

팔을 잡아 뽑듯이 끌어당긴 노백이 팔꿈치를 들어 올렸다.

퍽!

명치를 가격당한 그자의 입에서 피가 주륵 흘렀다.

노백은 그자의 시신을 잽싸게 끌어안고 몸을 일으켰다.

팟—

노백이 가슴에 안겨 있던 시체를 앞으로 집어 던졌다.

허공에서 떨어진 세 사람은 또다시 자신들의 손으로 동료를 벤다는
게 꺼림칙한지 주춤거리며 물러났다.

노백은 그틈을 이용해 돌아섰다.

주위를 살피던 노백의 외눈이 문득 빛났다. 얼마 떨어지지 않은 곳
에 있는 커다란 바위를 발견한 것이다.

서로 다른 크기의 두 바위가 딱 달라붙어 있는 쌍바위였다.

큰 바위는 일 장 반 정도의 크기였고 작은 바위는 건장한 체격의 남
자가 잔뜩 웅크리고 있으면 딱 그만한 크기일 것이다.

노백은 그곳을 향해 냅다 달렸다.

*   *   *

십살(十殺)의 또 다른 한 사람.

당가의 외부 경계를 책임지고 있는 유운초(劉雲樵)의 체격은 보통 사
람들보다 몸집이 컸다.

또한 말을 느릿하게 하고 피부는 까무잡잡했다.

그래서 그의 의형제들, 그러니까 십살의 나머지 아홉 사람은 그를
흑웅(黑熊)이라고 불렀다.

보통 사람들은 '곰'이라는 단어를 눈치 없고 우직한 자를 가리킬 때

나 사용한다.

　유운초는 남들이 생각하는 것처럼 우둔한 사람이 아니었다.

　오히려 그는 진짜 곰 같은 사람이었다.

　영악하고 약삭빨라서 사냥꾼들이 산신(山神)으로 부르는 그런 진짜
곰…….

　그리고 그는 자신의 일에 충실했다.

　유운초는 배 밑에 깔려 있는 단창(短槍)을 움켜잡았다.

　매복의 제일 원칙은 침입자의 눈을 속이는 것과 좋은 자리를 잡는
것이다.

　좋은 자리는 자신의 위치를 감출 수 있고 동시에 목표가 된 사람의
움직임을 환히 볼 수 있는 그런 지형을 말한다.

　굳이 설명하자면 좁은 바위틈이라든지 잎이 무성한 나뭇가지가 바
로 그런 곳이다.

　몸집이 남들보다 크고 몸무게가 많이 나가는 유운초에겐 그런 지형
은 있으나마나였다.

　하나 상대의 눈을 속이는 일은 간단했다.

　쥐 죽은 듯이 엎드려 있으면 되는 것이다.

　침입자를 발견할 때까지, 그리고 그 침입자가 자신의 ‘사정 거리’
안으로 들어올 때까지는 어떠한 일이 있어도 움직여서는 안 되었다.

　주위에 있는 은폐물을 이용하는 것도 한 방법이었다.

　나무, 풀, 바위…….

　이용할 수 있는 모든 것을 이용해서 자신의 몸을 숨기고 움직이지만
않으면 되는 것이다.

　곤충 중에도 그런 놈들이 몇 놈 있었다.

그놈 이름이 뭐였더라……?

유운초가 알고 있는, 그런 유의 곤충 중에서 가장 인상이 깊었던 놈은 뭐니 뭐니 해도 '그놈'일 것이다.

이름도 기억나지 않았다.

그놈은 생긴 것이 꼭 가는 나뭇가지처럼 생겼다. 크기는 새끼손가락의 절반밖에 되지 않고 가늘기는 또 실처럼 가늘었다.

생김새야 어찌 되었든 그 벌레가 나뭇가지에 착 달라붙어 온몸을 쭉 펴면 그놈은 그대로 나뭇가지가 되었다.

유운초는 그 이름 모를 곤충처럼 행동하고 있었다.

그는 지금 노백이 자신의 '사정 거리' 안으로 들어오기만을 기다리고 있었다.

단창을 쥐고 있는 유운초의 팔에 힘이 들어갔다.

왔다!

*   *   *

팍—

큰 바위를 밟고 뛰어넘은 노백이 바위 뒤쪽에서 엎드렸다.

바위 뒤로 사라지는 노백을 쫓아 나머지 세 사람이 달려왔다.

그들도 노백처럼 바위를 박차고 뛰어오르려 했지만……

바위 밑에서 머리통 하나가 솟구쳐 올랐다.

노백은 막 바위를 밟고 있는 다리 하나를 붙잡았다.

뿌득—

휘청거리며 왼쪽으로 쓰러지는 적을 향해 노백이 주먹을 뻗었다.

꽝!

그자의 갈비뼈가 산산조각났다. 입에서는 검붉은 피가 주륵 흘러내렸다.

그사이 다른 두 사람이 바위를 뛰어넘어 노백 앞에 섰다.

노백은 두 사람을 향해 달려가려고 했다.

그들에게 몸을 날리려고 했지만……

갑자기……

뒤통수가 간지러웠다.

가려워서 견딜 수가 없었다.

노백이 휘몰아쳐 오는 안령도를 뒤로하고 재빨리 돌아섰다. 하지만 아무런 이상이 없었다. 바위 두 개가 나란히 붙어 있을 뿐이다.

그저 자신의 착각이라고 생각하면서 다시 등을 돌린 노백은 정면을 향해 몸을 던졌다.

바로 그때,

쓰―윽!

작은 바위가 소리없이 일어나고 있었다.

*　　　　*　　　　*

유운초는 잔뜩 웅크린 몸을 바로 쭉 폈다.

그의 손에 들려 있는 단창이 허공을 갈랐다.

쉬익―

단창의 예리한 창두(槍頭)에서 시퍼런 섬광이 피어올랐다.

창두는 노백의 뒷등을 노리고 있었다.

유운초는 단창을 바라보며 웃는다.

곰이 먹이를 사냥할 때 정면에서 공격하는 일은 거의 없다.

*　　　　*　　　　*

착각이 아니다!

오른쪽 어깨로 정면에서 짓쳐들어 오는 적의 가슴을 완전히 짓이기고, 왼손으론 옆구리를 노리고 휘몰아쳐 오는 안령도의 도신을 위에서부터 붙잡았을 때 노백은 그 자리에서 얼어붙었다.

갑자기 한기가 들면서 온몸에 소름이 돋았다.

하지만 이미 왼쪽으로 절반쯤 돌아간 허리와 들어 올린 주먹만은 어쩔 수가 없었다.

콰직—

핏물이 치솟고 노백에게 안령도가 붙잡힌 적이 꼬꾸라졌다.

보통 때라면 노백은 틀림없이 발을 들어 그자의 머리나 혹은 목을 짓밟았을 것이다.

그러나 지금은 그럴 수가 없었다.

*　　　　*　　　　*

그때 단창의 창두에 부딪친 햇빛이 차갑게 반짝였다. 유운초는 잠깐 동안 노백의 모습을 놓쳐 버렸다.

써걱—

유운초는 미간을 크게 찌푸렸다.

이 소리……

창이 살 속으로 파고드는 소리와는 너무나도 동떨어졌다.

유운초의 목 뒤쪽에서 다른 사람의 뜨거운 숨이 확 밀려왔다. 그리고 목젖 부위에서부터 찾아오는 이 놀라운 아픔은……?

유운초는 눈을 밑으로 떨구었다.

아주 얇은 칼날 하나가 자신의 목을 절반이나 자르고 들어온 걸 보았다.

"크아아악!"

유운초의 입에서 처절한 비명이 토해졌다.

*　　　　*　　　　*

노백은 절반쯤 붙어 있던 목살이 금세 잘리는 광경을 똑똑히 보고 있었다. 그리고 칼날이 우람한 체구를 가진 사내의 목에서 완전히 빠져나갔다.

사내의 머리가 앞으로 떨어졌다.

몸뚱이는 뒤로 쓰러졌다.

그리고 유리알을 박아 넣은 듯한 눈으로 자신을 쳐다보는 냉막한 인상의 청년이 나타나 노백을 응시하고 있었다.

문득 방지웅의 두 눈이 차갑게 빛났다.

쒸이익……!

방지웅이 노백을 향해 칼을 휘둘렀다.

노백의 낯빛이 딱딱하게 굳었다.

감히 노백인 자신을 공격하다니……!

원래 정신이 불안정하던 이놈이 드디어 완전히 미치기라도 했단 말인가?

노백은 재빨리 허리를 숙였다.

방지웅의 예도(銳刀)는 노백의 등 위를 빠르게 지나갔다.

팟—

난데없이 피가 튀었다.

땅바닥에서 퍼덕거리며 뛰어노는 팔은 그때까지도 안령도를 쥐고 있었다.

휘잉—

밑에서부터 올려친 노백의 주먹은 헛되이 허공을 때렸다. 그렇지만……

팔이 잘린 그자는 쓰러지고 있었다. 아마도 마지막 발악이었던 모양이다.

몸을 일으킨 노백이 주위를 한번 쓱 둘러보았다.

그의 시선은 어느 한 지점에서 멈추었다.

노백은 당가의 가주와 십살의 우두머리 조빙 앞에 서 있는 앵무를 발견했다.

노백의 인상이 차가워졌다.

"여기는 나에게 맡기고 넌 가라!"

노백은 손을 들어 앵무를 가리켰다.

방지웅이 무슨 소리냐는 듯이 그를 쳐다보았다.

노백이 눈짓으로 양 옆을 가리켰다.

방지웅이 혀를 내밀어 입술을 한번 핥았다.

노백과 대화를 나누는 잠깐 사이에 당가의 졸개들에게 포위당해 있었다.

　다시 노백이 말했다.

　"곧 뒤따라가겠다."

여덟의 여섯

　나뭇잎 사이로 내려다보이는 광경은 처참했다.

　자신의 부대원 하나가 포쾌들에게 쫓기는 것을 멍하니 볼 수밖에 없다.

　부러진 다리로는 제대로 설 수조차 없으니까.

　도합 백 근의 무게를 지닌 철갑(鐵甲)을 메고 있으니 당연히 발걸음이 느려진다.

　뒤에서 쫓고 있던 포쾌 둘이 몸을 날렸다.

　쿠당탕……!

　요란한 소리를 내며 수하가 쓰러졌다.

　그 몸 위로 올라탄 포쾌들은 너무나도 익숙한, 그리고 빠른 손놀림으로 포승을 꺼내 수하의 손과 발을 묶었다.

　구멍이 숭숭 뚫려 있는 철갑 투구가 벗겨진다.

　부대원의 얼굴이 나타났다.

　머리가 까치집마냥 제멋대로 자란 중년 사내의 얼굴이 거기에 있었다.

포쾌들은 그 얼굴에 침을 뱉었다.

극심한 분노로 몸을 떠는 사내가 눈앞에 있는 포쾌 하나를 노려보았다.

포쾌는 히죽 웃었다.

웃으면서 허리에 차고 있는 곤봉을 꺼내 사내의 얼굴을 내려쳤다.

얼굴이 한쪽으로 돌아간다.

정신을 잃은 것인가?

얼굴을 땅에 처박고 쓰러진 그 사내는 금세 다시 정신을 차리고 깨어나야만 했다.

곤봉이 다시 사내의 머리를 때린다.

피가 터졌다.

힘없이 고개를 들어 올리는 부대원의 얼굴은 이미 핏물로 범벅이 되어 있었다.

차마 볼 수 없어서 눈길을 돌렸다.

하지만 이번에 그가 본 것은 수하의 목이 허공으로 떠올랐다 떨어지는 광경이었다. 그리고 그 머리가 공인 양 멀리 차내 버리고 포쾌들은 낄낄거리며 웃었다.

하지만……

그래도 자신은……

그 광경을 가만히 지켜보고만 있어야 했다.

부러져 덜렁거리는 이 몹쓸 다리로는 걷지도, 뛰지도 못할 테니.

도저히 더 이상 보고 있을 자신이 없었다.

그저 조용히 두 눈을 감을 뿐.

하지만 생생하게 들려오는 비명과 욕설, 그리고 곤봉이 살을 때리는
소리…….

진짜 미쳐 버릴 것만 같았다.

머리 속이 텅 비는 듯한 느낌이다.

팽운상은 한비의 몸을 꼭 끌어안았다.

한비의 마음을 누구보다 잘 아는 그녀였지만 그에게 해줄 게 아무것
도 없었다.

그저 이렇게 가슴으로 한비를 안고 자신의 조그만 입술을 그의 두툼
한 입술 위에 올려두는 것 말고는.

팽운상의 볼을 타고 투명한 눈물이 흘렀다.

부대원들을 내팽개치고 이렇게 도망치듯 나뭇가지에 올라와서 오돌
오돌 떨어본 것은 처음이다.

그녀가 혀를 내밀었다.

굳게 닫혀 있는 한비의 입술이 살짝 열렸다.

혀와 혀가 뜨거운 타액을 교환했다.

여덟의 일곱

한비와 팽운상이 서로 입을 맞추고 타액을 교환하는 그 시각, 그리

고 노백이 당가의 잔당을 상대하려고 맘먹었을 때 앵무는 아주 환하게 웃고 있었다.

그리고 한참 만의 침묵을 깨고 앵무가 물었다.

"두 가지만 물어볼게요."

가주는 그녀를 바라보고 있었다.

앵무가 물었다.

"대체 독인을 만들어서 무엇을 할 작정인가요? 설마 하니 독인을 이용해 날 죽이실 작정은 아니죠?"

"형수와는 무관한 일이오."

가주는 더 이상 말하지 않았다.

앵무도 그의 입이 열리지 않는다는 사실을 깨닫고는 말머리를 살짝 돌렸다.

"그럼 이건 알려주시겠어요?"

가주가 어디 들어보자는 듯이 고개를 끄덕였다.

앵무가 재빨리 물었다.

"왜 죽였나요?"

가주는 앵무를 잠시 동안 물끄러미 쳐다보았다. 그리고 그는 어이없다는 듯이 웃었다.

"그야 뻔한 것 아니겠소? 이 자리가 탐나서지."

앵무는 고개를 저었다.

"아니, 제가 말하는 건 그 사람이 아니에요."

"그럼?"

"당신 딸."

이번에는 가주의 입이 열리지 않았다. 하지만 앵무는 그의 대답을 기다리듯이 그를 가만히 쳐다보았다.

가주가 말했다.

"그 아이가 가문의 수치가 되는 것만은 참을 수 없었소."

"무슨 소리죠?"

"내 실수로 그 아이는 그만 미쳐 버렸던 거요."

"옛……?"

"그 아이가 사랑하는 하급 무사의 목을 그 아이가 보는 앞에서 날려 버렸으니……."

"음……."

앵무는 더 이상 그 일에 관해선 묻지 않았다. 대신 그녀는 다시 말머리를 돌렸다.

"아직도 제 목숨을 원하시나요?"

"물론이오."

"이런, 이젠 나에게 그 물건은 없잖아요?"

"그것도 그거지만 형수가 살아 있으면 아직은 내가 곤란해지기 때문이오."

말과 함께 가주가 돌아섰다.

가주는 아무런 말 없이 뒤에 시립하고 있던 조빙의 어깨를 두어 번 두드렸다.

"믿겠다."

조빙은 아무런 대답이 없었다.

가주는 고개를 돌려 앵무를 힐끔 쳐다보았다. 천애지독의 행방을 알아낸 이상 더 이상 앵무에게 볼일은 없었다. 하지만 이 여자를 두 번 다시 만날 수 없다는 생각을 하니 왠지 좀 섭섭한 마음이 들었다.

앵무가 조빙에게 소리쳤다.

"비키거라!"

조빙은 고개를 저었다.

그리고 그가 느릿하게 말했다.

"명령입니다."

"하! 그래?"

앵무는 조빙을 노려보았다.

그러던 그녀가 무엇을 보았는지 문득 배시시 웃었다.

앵무가 턱짓을 해 보였다.

환하게 번지는 그녀의 웃음이, 그리고 아무 의미도 없어 보이는 턱짓이 이상해서 조빙이 고개를 돌렸다.

그 순간 얼굴을 완전히 가리고 있는 산발머리 사이로 새하얀 광망이 뿜어져 나왔다.

조빙이 등을 돌렸다.

그러나 이번엔 앵무가 조빙을 가로막았다.

쌩글.

앵무가 기분 좋게 웃었다.

두 사람은 서로를 쳐다보고 아무런 말이 없었다.

*   *   *

팟—

짧은 도광(刀光) 하나가 번뜩였다.

당가의 가주는 예도가 뿜어내는 살기에 반응이라도 하듯이 돌아섰다.

얇디얇은 칼날이 날아온다.

마치 늑대의 이빨처럼 번뜩이며 날아오는 칼을 똑똑히 본 가주의 몸이 좌우로 크게 흔들렸다.

쓰쓰윽—

미끄러지듯이 뒤로 물러난 가주가 손을 휘저었다.

쾌액!

그 손에 들려 있던 유엽비도는 무시무시한 속도로 날아갔다.

찰나 목표를 잃은 예도가 주춤거리는 듯하더니 금세 방향을 바꾸면서 반원을 크게 그렸다.

땅!

불꽃을 튀기며 유엽비도가 하늘 높이 올라갔다.

그사이 가주가 독공(毒功)을 끌어올렸다.

희미한 약초 냄새와 함께 가주의 몸 주위로 아지랑이가 피어올랐다.

'놈'은 제법이었다.

가주 자신이 독공을 끌어올리면 놈은 자기 자신이 불리하다는 것을 알고 있다는 듯이 매섭게 칼을 휘둘렀다.

하지만 가주는 '같잖다'는 듯이 웃었다.

가주가 양손을 떨쳐 내자 네 자루의 유엽비도가 눈부신 빛을 뿌리며 놈에게 날아갔다.

'놈'은 정신없이 칼을 휘둘렀다.

까까깡!

네 자루의 유엽비도가 순식간에 흩어졌다. 그러나 그때는 이미 가주가 모든 준비를 마친 후였다.

시커먼 구름 같은 것이 가주의 몸을 완전히 감쌌다.

더 이상 약초 냄새가 나지 않았다.

그 대신 생선이 썩을 때나 맡을 수 있는 비릿한 냄새가 사방으로 퍼졌다.

여덟의 여덟

…허민오는 풀숲에 숨어서 사람들을 지켜보고 있었다.

제21장

여섯의 하나

7월 15일 낮.

'윽!'

허민오가 인상을 크게 썼다.

그리고 허민오는 고개를 숙였다.

사내아이의 입을 틀어막은 손에서는 피가 흐르고 있었고 아이의 얼굴은 새파랗게 질려 있었다.

놀란 허민오가 얼른 손을 뗐다.

"하악… 하악……."

아이가 숨을 거칠게 몰아쉬었다.

허민오는 쓰게 웃었다.

자신도 모르게 손에 힘이 들어간 탓에 사내아이가 숨을 쉴 수 없게 된 모양이다.

허민오가 소곤거리는 목소리로 말했다.

"미안."

"죄, 죄송해요. 하지만⋯ 쿨럭⋯⋯ 하악⋯⋯."

사내아이가 먼저 고개를 숙였다.

허민오의 얼굴이 우울해졌다.

그는 서글픈 마음을 감출 길이 없었다.

아이는 아이다워야 한다.

조금은 제멋대로 행동하고 잘못을 해놓고도 뻔뻔하게 울음을 터뜨릴 줄도 알아야 아이라고 말할 수 있는 것이다.

하지만 사내아이는 그러지 않았다. 가쁜 숨을 몰아쉬면서도 머리를 숙였다. 금세 울음이라도 터뜨릴 것 같은 표정이었지만 오히려 허민오의 눈치를 살피고 있었다.

"하아⋯⋯."

허민오는 사내아이를 향해 손을 내밀었다.

당황한 아이가 움찔 몸을 떨었다.

허민오의 손이 아이의 머리 앞에서 딱 멈추었다. 그는 씁쓸하게 웃으면서 내민 손을 거두었다.

안쓰러운 마음에 머리라도 한번 쓰다듬어 주고 싶었는데⋯⋯.

하긴 누구를 탓하랴, 모두 자신 때문인 것을⋯⋯.

허민오는 고개를 흔들고 다시 장내로 시선을 돌렸다.

앵무와 조빙은 서로를 바라보고 있었다.

두 사람 사이에 묘한 침묵이 흘렀다.

*　　　　*　　　　*

허민오처럼 풀숲에 몸을 숨긴 채 앵무의 행동을 주시하는 사람이 또 있었다.

부싯돌 두 개를 양손에 꼭 거머쥐고 있는 늙은이다.

그 노인의 두 손은 수전증이라도 걸린 것처럼 덜덜 떨리고 있었다.

'개 같은 년……!'

앵무를 지켜보는 왕 서방의 눈에 살심이 솟구쳤다.

저 계집이다. 이십여 년이 지났지만 저 화냥년의 얼굴은 한시도 잊은 적이 없다.

그 착한 어르신을 독살하다니…….

진짜 사갈보다도 더 독한 계집이 지금 자신의 눈앞에 있는 것이다.

왕 서방의 눈길이 자신의 발쪽으로 향했다.

그의 발 밑에는 크기가 어른의 주먹만하고 색깔이 유난히 새까만 구슬 몇 개가 놓여 있었다.

＊　　　　＊　　　　＊

허민오가 귀를 기울였다.

방금 전부터 틱틱 하고 무언가 살짝살짝 부딪치는 소리가 들리는 듯했다. 그건 마치 두 개의 돌멩이가 제대로 부딪치지 않았을 때 나는 소리 같았다.

그러나 허민오가 주위를 둘러보았을 땐 공교롭게도 그 소리가 들리지 않았다.

자신이 잘못 들었다고 생각했다.

허민오는 고개를 흔들고 다시 앵무에게 눈길을 주었다.

바로 그때,

딱—

결코 잘못 들은 게 아니었다. 이번에는 두 개의 돌멩이가 제대로 부딪치는 소리였다.

허민오는 서둘러 소리가 들린 곳으로 고개를 돌렸다.

그의 눈이 빛났다.

무성한 풀숲 사이에서 불꽃이 몇 번 일어났다. 그리고 연기가 피어올랐다.

"등에 업히거라."

허민오가 사내아이에게 등을 돌리고 말했다.

사내아이는 순순히 말을 들었다.

남아 있는 한 손으로 아이의 엉덩이를 추켜올린 허민오가 위를 올려다보았다.

은행나무의 꼭대기를 올려다보는 허민오의 눈이 잠깐이나마 찌푸려졌다.

*   *   *

횃불이 밝혀졌다.

왕 서방은 희미하게 웃었다.

모든 준비는 마쳤다. 남은 일은 발 밑에 있는 까만 구슬의 도화선에다 불을 붙이는 것뿐이다.

아니……

아직은 아니다.

왕서방은 조빙이 손을 쓰기만을 기다렸다.

조빙이라면 단칼에 저 화냥년을 죽일 수 있을 것이다.

그렇지만…….

저 계집은 절대 시체조차 남겨선 안 된다.

남들처럼 온전한 몸으로 땅속으로 들어가는 건 자신이 용납 못한다.

시체조차 남기지 않게 해주겠다!

덜덜 떨리는 손으로 폭약 하나를 주워 든 왕 서방이 앵무를 가로막은 조빙을 가만히 지켜보았다.

*   *   *

산발한 머리카락 속에 감추어진 조빙의 눈은 앵무의 목을 응시하고 있었다.

여자의 나이는 그 목이 말해 준다.

제아무리 경국지색(傾國之色)의 미녀라 해도 나이가 들면 늘어가는 목의 주름살만큼은 어쩔 수가 없는 것이다.

하긴……

이십 년이란 세월이 흘렀으니까.

그렇지만 강과 산이 두 번 변하는 그 세월 동안에도 전혀 변하지 않은 것도 있었다.

쌩글.

앵무가 눈웃음을 쳤다.

조빙은 가슴이 두근거리는 것을 느꼈다. 스무 해 전에 먼발치에서나마 그녀를 처음 봤을 때처럼 말이다. 다행스럽게도 산발한 머리카락이 자신의 얼굴을 가리고 있었기 때문에 이런 마음을 그녀에게 들킬 염려는 없었다. 그리고……

앵무는 말했다.

여섯의 둘

"참 이상해."

"뭐가 말입니까?"

"너와 만날 때는 항상 내가 도망을 치려 할 때구나. 게다가 넌 언제나 날 죽이려 했고 말이야."

"…그렇군요."

조빙은 고개를 끄덕였다.

앵무가 살포시 웃으면서 다시 말했다.

"참, 그러고 보니 딱 한 번은 날 죽이러 온 것이 아니었어."

"언제 말입니까?"

"우리가 처음 만났을 때 말이야. 죽은 그 사람과 내가 혼례를 치른 날이었어. 첫날밤의 두근거림도 사라지기 전에 넌 천장을 부수고 내려왔는데… 그때 네 손에 들려 있는 검이 그 사람의 가슴을 꿰뚫을 것만 같아서 난 그만 비명을 질렀던 게야."

조빙은 묵묵히 듣고 있었다.

그는 본래 이름 난 살수였다.

한때 청해성(靑海省)에서 가장 비싼 몸값을 받으며 활동했던 사람이었다.

조빙에겐 천부적인 재능이 있었다. 살수로서 가장 중요한 것이 무엇인지 그는 알고 있었던 것이다.

'기다린다' 는 것.

그것이야말로 살수의 모든 것이다!

조빙은 단 한 사람을 죽이기 위해서 지붕에 거꾸로 매달려 하룻밤을 꼬박 세운 적도 있다. 그리고 땅 밑에 숨어 물만 먹으면서 석 달 열흘을 버틴 적도 있었다. 단 한 번의 기회를 얻기 위해서 그는 기다리고 또 기다렸다.

조빙의 천부적인 재능은 기다림만이 아니었다. 빠른 손놀림이야 말할 것도 없다.

난데없이 등 뒤에 나타난 조빙이 검을 한번 휘두르면 사람이 죽어나갔다. 제아무리 이름을 떨치던 무인이라 해도 그의 기습에는 당해낼 재간이 없었다.

또한 조빙은 마음이 모질었기 때문에 증거를 남기지 않았다.

일을 할 때 누군가 자신의 얼굴을 보았다면 여섯 살배기 어린아이라고 해도 거리낌없이 죽였다.

조빙은 그런 사람이었다.

앵무의 이야기가 이어지고 있었다.

"너의 검이 확실히 빠르긴 했지만 그 사람의 손은 더 빨랐어. 내 머리에 있던 비녀 두 개가 널 향해 날아갔고 넌 두 개의 비녀 중에 하나를 막아냈어."

조빙은 자신도 모르게 아랫배를 더듬었다.

앵무가 차갑게 웃었다.

"하! 그래, 지금처럼 넌 그렇게 배를 움켜쥐고 있었고 그 사람은 널 보면서 빙그레 웃었지. 난 그때 그 사람이 널 죽이는 줄 알았단다. 그 웃음의 의미를 몰랐던 게지. 한데 그 사람은 널 죽이지 않고 돌려보냈어. 나라면 틀림없이 발을 들어 네 목을 짓밟았을 텐데 말이야."

앵무는 조빙을 찢어 죽일 듯이 노려보았다. 그리고 그녀는 아주 야멸치게 쏘아붙였다.

"난 지금도 그때 그 사람이 한 일은 잘못된 거라고 생각한다. 네가 그때 죽었으면 이십 년 전에 너에게 쫓기는 일도 없었을 텐데……."

그리고 온몸에서 냄새가 풀풀 나는 고루노괴와 하룻밤을 같이 보내는 일 또한…….

앵무의 눈에 물기가 살짝 고이는 듯했다. 하나 그녀는 눈물을 흘리지 않았다.

잠시 후 앵무는 고개를 살짝 흔들었다.

"하나 죽은 그 사람의 마음을 이해 못하는 건 아니야. 맘씨 착한 그 사람은 이제 갓 스물을 넘긴 널 죽이는 게 마음에 걸렸던 것이지."

"어찌 그리 잘 아십니까?"

조빙의 목소리가 조금 커졌다.

"죽은 그분의 마음속에 들어갔다가 나오시기라도 했다는 겁니까?"

그의 마음이 약간이나마 흔들렸다는 것을 알아차린 앵무가 환하게 웃는다.

"네가 돌아간 뒤에 내가 그 사람에게 물었거든. 왜 널 죽이지 않았냐고."

"그래서요?"

"그 사람은 나에게 되물었어. 네 눈을 보았냐고. 그건 자신과 비슷한 나이를 가진 자가 지닐 눈이 아니었다고 하더라. 하긴 그때 네 눈은 야수의 눈이었지. 그리고 잠시 후에 그 사람이 이렇게 말했어. 어릴 때 괜찮은 스승을 만났다면……."

"……."

"며칠 뒤 넌 다시 우리 두 사람 앞에 나타났지. 이번에는 수하로 써 달라고……."

"이제 그만 하십시오."

조빙이 한 걸음 앞으로 걸어나왔다.

"이미 다 지난 일입니다."

그렇게 말하는 조빙의 목소리는 착 가라앉아 있었고 그의 몸에서는 차가운 기운이 풀풀 풍겨 나오는 듯했다.

앵무가 몸을 한차례 떨었다.

이런 느낌……

분명히 이십 년 전에도 한번 맛본 적이 있었다.

완벽한 살수의 모습!

그래, 아무런 거리낌 없이 자신을 향해 검을 들이밀던 그때 그 시절의 조빙으로 돌아가 있었다.

앵무가 입 안에 고여 있는 침을 삼켰다. 그리고 그녀는 억지로 쌩글거리며 웃었다.

"이, 이런, 실패네. 죽은 그 사람까지 끌어들였는데."

최대한 목소리를 가다듬었지만 약간은 떨려 나오는 것은 어쩔 수가 없었다. 그녀도 사람이기에.

조빙은 앵무를 가만히 쳐다보았다.

다 지난 일…….

말은 그렇게 했지만 조빙은 아직도 그날의 일을 잊지 않고 있었다.

아니, 앵무의 이야기를 듣다 보니 자연히 생각난 것이다.

*   *   *

살수였던 조빙이 사천 땅으로 흘러 들어온 것은 순전히 곤륜파(崑崙派)의 장문인 때문이었다.

정말이지 그자는 개만도 못한 인간이었다.

그자는 돈을 싸 들고 와서는 비굴하게 웃으며 자신의 사제를 죽여달라고 말했다.

조빙은 승낙했다.

그리고 어느 한적한 오후에 혼자서 산길을 걸어가는 그 사제라는 사람을 죽여서 그 개만도 못한 놈을 곤륜파의 장문인으로 만들어주었다.

그것까진 좋았다.

원래 조빙이 하는 일이 그런 것이니까.

한데 다음날부터 청해성 뒷골목에 떡하니 붙어 있는 자신의 초상화는 대체 뭐냔 말이다. 아무도 없는 산길에서, 그것도 복면을 뒤집어쓰고 있었는데 누가 자신의 얼굴을 보았단 말인가.

더 웃긴 건 그 개만도 못한 인간이 사람들을 이끌고 조빙의 은신처로 찾아왔다는 것이다. 그리고 그 인간은 사람들 앞에서 아주 당당하게 말했다. 이렇게!

"내 사제의 목숨을 청부한 사람이 누구냐!"

눈물까지 글썽이는 그 인간의 얼굴을 보고 있자 꾹 눌러 참았던 욕지기가 치밀어 올랐다.

하나 조빙은 욕을 할 수가 없었다.

눈앞에서 칼이 날아오고 있는데!

까딱 잘못하다간 자신의 목이 날아갈지도 모르는 긴급한 상황에서 욕을 할 사람은 없는 법이다. 그리고 우선은 자신이 살고 봐야 했다.

도망치는 것은 그다지 어렵지 않았다.

언젠가 한 번쯤은 이런 일이 일어날 것이란 것을 알았기 때문에 미리 땅을 파서 비밀 통로를 하나 만들어놓았으니까.

하지만 추격은 예상외로 끈질겼다.

두 달 동안······

몇 번이나 죽을 고비를 넘겼는지 기억도 나지 않는다.

그러나 조빙은 그때마다 사막의 도마뱀처럼 끈질기게 살아남았고 마침내 그 지긋지긋한 추격을 뿌리칠 수 있었다.

조빙이 부상당한 몸을 이끌고 사천 땅에 들어온 것은 농사 일을 하고 있다고 간간이 소식을 전해주던 이종 사촌 형을 만나기 위해서였다.

검게 그을린 얼굴로 환하게 웃고 있는 사촌 형을 보자 잘 왔다는 생각이 들었다. 그러나 그 생각은 한 달을 넘기지 않았다.

이때 조빙은 피에 굶주려 있었다.

금방이라도 눈에 띄는 자를 도륙 내버릴 것만 같았다.

하지만 절도 사건 하나 일어나지 않는 이 작은 마을에서 사람을 함부로 죽일 수는 없었다. 사람 하나가 죽으면 그날로 소문이 옆 동네까지 퍼질 것이고 당장에 포쾌들이 달려올 테니까.

포쾌가 끼어서 좋은 일은 하나도 없다.

혹시라도 포쾌들이 상부에다 보고를 한답시고 자신의 뒷조사라도 하는 날엔…….

조빙이 청해성에서 실수 노릇을 했다는 것쯤은 금세 알아낼 것이다.

그리고 만약 자신이 이곳에 있다는 사실이 곤륜파 사람들의 귀에까지 흘러 들어간다면…….

이종 사촌 형을 찾아온 게 후회되기 시작했다.

그 당시 조빙은 답답해 미칠 지경이었다.

그래서 그는 매일 독한 술을 마셨다.

적어도 술을 마실 때만큼은 아무 생각 없이 있을 수 있어서 좋았는데…….

아무래도 농사꾼인 이종 사촌 형은 빈둥빈둥 놀고 있는 자신이 못마땅한 모양이었다.

이종 사촌 형과 크게 말다툼을 하고 집을 뛰쳐나온 조빙은 큰길에 있는 주루를 찾아갔다.

그날따라 주루는 시끌벅적했다.

조빙은 무슨 잔치라도 있나 싶어 점소이를 불러 세워 물었다.

점소이 녀석이 씽긋이 웃으며 말했다.

"세상에, 그 일을 모르십니까? 아, 손님께서는 이곳 분이 아니시군요?"

안 그래도 신경이 예민한 조빙이었다. 점소이 녀석의 미소가 꼭 자신을 비웃는 것 같았다.

조빙은 '이놈을 단칼에 죽여 버릴까?' 하고 생각했지만 실행은 하지 않았다.

"잔소리 말고 대답이나 해라."

딱딱하게 굳은 그의 표정만큼 살벌한 목소리로 말하자 점소이의 태도는 달라졌다.

아주 공손하게 허리를 숙인 점소이는,

"오늘은 당가의 가주께서 삼 년의 구애 끝에 드디어 여자 분에게 결혼 승낙을 받은 날입니다. 그동안은 여자 분께서 확신이 서지 않는다고 차일피일 미룬 모양입니다."

그리고 돌아보면서 말을 이었다.

"저분이 오늘의 주인공입니다."

점소이가 가리킨 탁자에는 아주 많은 사람들이 앉아서 크게 떠들고 있었다.

조빙은 점소이가 말한 '오늘의 주인공'을 단번에 알아볼 수 있었다.

누구라도 알 것이다. 상석에 앉아 이 세상의 행복이란 행복은 다 가진 것처럼 아주 환하게 웃고 있는 그 사람을 보면 말이다.

그리고 점소이 녀석은 쓸데없는 말을 덧붙였다. 조빙의 귀에 냄새 나는 입을 바짝 붙이면서.

"그 오른쪽 옆에 계신 분은 가주님의 동생이라는 사람인데 한마디로 말해서……."

낮아지는 점소이의 목소리.

조빙은 소곤소곤 들려오는 점소이의 말을 들으면서 그 동생이란 작자를 살펴보았다.

왠지 음침한 기분이 드는 사내였다. 그리고 점소이의 말속에 숨어 있는 '어떤 진실'이 한동안 무료한 생활을 해오던 조빙의 흥미를 끌었다.

조빙은 두 사람을 다시 한 번 돌아보았다.

두 사람의 조사를 하면서 알게 된 것인데 그 둘은 같은 어머니의 뱃속에서 기어 나온 형제였지만 아주 많이 달랐다.

형은 정말이지 온화한 성품을 지니고 있었다. 실수를 한 수하들을 너그럽게 용서하는 넓은 아량과 목에 칼이 들어와도 웃을 수 있는 여유도 가진 사람이었다. 자연히 주위 사람들은 입을 모아 그를 칭찬했다.

반면에 동생의 성격은 외모만큼이나 음침했다.

같이 자기 싫다는 시녀를 두들겨 패면서 억지로 방으로 끌고 들어가기 일쑤였고, 그 시녀가 다음날엔 죽어서 방을 나오는 일이 한두 번이 아니었다.

하지만 누구 하나 그 일에 관해서 떠들지 못했다.

원래 부모란 잘난 자식보다는 좀 못난 자식에게 더욱 애착이 생기나 보다. 그 집안의 실질적인 우두머리인 두 사람의 어머니는 유난히 동생이 한 일에 대해서는 관대했다. 그러나 당가의 노태태(老太太)가 아무리 대단한 인물이라고 해도 소리없이 퍼지는 소문만은 막을 수 없었다.

어느새 그 동생의 이름 앞에는 '개자식'이라는 단어가 붙어 있었다.

참 알다가도 모를 게 사람 마음이다.

그런 사람의 어디가 좋아서 그날 조빙은 자신의 입으로 '수하로 써주시오'라고 말하면서 머리를 숙였을까?

그것도 한밤중에 그 사람의 침실에 몰래 들어가서 말이다.

아, 그 당시엔 자신도 어지간히 비틀려 있었던 모양이다.

그것도 아니라면 너무나도 무료한 일상에서 벗어나고 싶은 심정이었거나.

아니, 솔직히 그건 아니다.

어차피 곤륜파가 버티고 있는 이상 조빙은 청해성으로는 두 번 다시 갈 수 없다. 그것을 알고 있는 조빙으로서는 자신을 숨겨줄 은신처가 필요했던 것뿐이다.

어쨌거나 조빙은 그 동생의 수하가 되었고, 며칠 후에는 그 사람에게서 명령이 하나 떨어졌다.

*   *   *

앵무는 여전히 거기 그렇게 가만히 서 있었다.

그녀가 고개를 살짝 흔들었다.

"…역시 실패야."

산발한 머리카락 때문에 눈앞에 있는 조빙의 표정을 살펴볼 수 없었지만 오른손을 검의 손잡이에 살짝 올려두는 모습을 보면 그가 지금 무엇을 생각하는지 어렵지 않게 알 수가 있었다.

그리고 얼굴을 완전히 가린 산발한 머리카락 속에서 목소리가 흘러나왔다.

"더 할 말이 있습니까? 없으시다면……."

조빙은 말을 하면서 한 발 앞으로 걸어나왔다.

앵무의 눈은 조빙이 오른손을 보고 있었다. 검의 손잡이를 잡은 그 손에 힘이 들어가는지 팔 위로 굵은 힘줄이 돋아났다. 그리고 그의 몸에서 일어나는 살기를 피부로 느낄 수 있었다.

앵무가 바짝 긴장했다.

'검이 뽑힌다!'

조빙의 실력은 누구보다 자신이 제일 잘 알고 있었다. 자신의 눈으로 직접 본 적이 있기 때문에.

저 검이 뽑히는 순간 이미 검끝은 자신의 머리를 지나 뒤통수를 사정없이 뚫고 튀어나올 것이다.

그러나 그 검은 뽑히지 않았다.

앵무의 머리는 무사했다.

조빙은 그저 그녀의 눈앞에 서 있었다.

도무지 영문을 모르겠다는 듯이 앵무가 고개를 갸웃거렸다.

하나 그뿐이다.

앵무는 다시 살포시 웃었다.

"히야, 웬일이지? 나이가 들어서 머리가 어떻게 되기라도 한 거냐?"

평소 조빙이라면 한마디 대꾸라도 했을 텐데 오늘 이 순간만은 그러지 않았다.

조빙은 여전히 우두커니 서 있었다.

그리고 아주 오래전에 들었던 나지막한 음성이 그의 귓가에 맴돌았다.

"내 형의 목을 가져오너라."

*   *   *

딱!

시커먼 구름과 다섯 번이나 부딪친 얇은 칼날은 버티지 못하고 부러졌다.

휙! 꽉!

허공에서 떨어지면서 땅속 깊이 박혀 있는 부러진 칼날의 색은 시커멓게 변해 있었다. 그리고……

방지웅의 눈앞에 있던 검은 구름이 사라졌다.

방지웅은 눈살을 살짝 아주 미세하게 찌푸렸다. 음침한 미소를 짓고 있는 가주의 얼굴이 바로 앞에 있었다.

방지웅이 서둘러 자신의 가슴을 내려다보았다. 갈비뼈를 박살 낸 가주의 오른손이 깊이 들어가 있었다.

가주는 방지웅의 몸속으로 들어간 손을 뺐다.

푸악……!

자욱한 피안개가 흩어졌다.

방지웅이 휘청거리면서 뒤로 두어 걸음 물러났다. 양 어깨가 축 늘어진 게 금세라도 털썩 주저앉을 것 같은 모습이다.

방지웅은 고개를 들어 가주를 바라보았다.

그때 무엇을 발견했는지 유리알을 박아 넣은 것 같은 방지웅의 두 눈이 빛났다.

땅!

방지웅의 손에서 떨어진 단봉이 맑은 쇳소리를 냈다. 그리고 그의 동공이 수축했다.

당가의 가주가 몸을 크게 뒤틀었다.

하지만 가주를 꽉 끌어안은 방지웅의 오른팔과 하체를 완전히 휘어

감은 왼쪽 다리는 도무지 풀릴 기미가 보이지 않았다.

가주를 옭아맨 방지웅은 조금 아쉽다는 생각을 했다.

자신의 왼팔이 성했어도 좀 더 완벽하게 이자를 옭아맬 수 있었는데……

가주가 차갑게 웃었다.

"흐흐, 이놈, 마지막 발악을 하는구나."

"컥!"

방지웅의 눈이 찢어질 듯 커지면서 눈알이 툭 불거져 나왔다.

밑에서 위로 올려친 가주의 주먹에 강타당한 곳은 남자의 중요한 급소였다. 온몸에서 힘이 쭉 빠지면서 가주를 옭아맨 손과 다리가 풀리고 있었다.

그러나 방지웅은 마지막 힘을 짜내듯이 아랫입술을 질끈 깨물었다.

가주가 인상을 썼다.

방지웅은 가주의 몸에서 나는 희미한 약초 냄새를 맡을 수 있었다.

치익—

불에 데인 듯한 화끈한 통증과 함께 방지웅의 옷이 녹아내리기 시작할 찰나,

창백한 방지웅의 얼굴이 검붉게 달아올랐다. 방지웅의 몸뚱이가 불덩이처럼 뜨거워지면서 머리 위에서 김이 모락모락 피어올랐다.

당가의 가주는 흠칫 놀라 방지웅을 보다가 그의 얼굴이 시뻘겋게 변하자 안색이 핼쑥해졌다.

"이, 이것은?"

그 순간 방지웅이 소리를 질렀다.

"노백—"

그리고 그의 몸뚱이가 그대로 터졌다.

꽈앙……!

폭음과 함께 잘려진 살점이 사방으로 퍼져 나갔다. 진한 피비린내가
장내를 진동시켰다.

"크아아악!"

"크으윽!"

처절한 비명이 연거푸 터졌다.

근처에 있던 대여섯 명의 장한들이 그 살점과 피의 파편에 전신이
짓이겨진 채 바닥에 나뒹굴고 있었다.

여섯의 셋

"흐으윽……."

당가의 가주는 끊어질 듯한 숨을 내쉬고 있었다.

그의 앞가슴은 너덜너덜했다. 마치 거대한 호랑이의 앞발이 몇 번이
나 할퀴고 지나간 듯했다. 시체나 다름없는 몰골이었다.

그 상태에서 가주는 멍하니 하늘을 보고 있었다.

이제 곧 뒈져 버릴 늙은 노친네들과는 비교할 수 없지만 그래도 자
신도 살 만큼 살아왔다고 자부한다.

하지만 그는 이토록 처절한 동귀어진(同歸於盡)의 수법은 지금까지

들도 보도 못했다. 게다가 이렇게 자신이 당할 줄은 상상조차 하지 않았었다. 그리고……

'허억!'

무엇을 보았는지 그저 눈만 끔뻑거리면서 하늘을 올려다보던 가주의 얼굴이 크게 일그러졌다.

언제부터 거기에 서 있었단 말인가?

노백이 그를 가만히 내려다보고 있었다.

가주의 눈이 절망감으로 물들었다.

노백이 허리를 숙였다. 그리고 그는 가주의 멱살을 틀어쥐고 들어 올렸다.

가주의 얼굴이 새파랗게 질렸다.

노백은 손을 들어 올렸다. 그 손에는 붉은 액체가 담겨 있는 작은 유리병이 들려 있었다.

가주는 턱 끝을 덜덜 떨었다.

"제, 제발… 그, 그것만은……."

두 눈에 눈물을 그렁그렁 매달고 애원하는 모습이 애처로웠다.

하나 노백은 냉정했다.

퍽!

노백의 팔꿈치가 가주의 아랫배에 깊숙이 파묻혔다.

"허억!"

가주는 창자가 끊어지는 고통을 참지 못하고 입을 딱 벌렸다.

그 순간 노백은 손에 들고 있던 유리병을 가주의 벌어진 입속에 처넣었다.

가주는 입으로 피를 게워내면서도 그 병을 필사적으로 뱉아내려고 했으나 그때 노백의 주먹이 그의 아래 턱을 사정없이 강타했다.

꽝!

턱뼈가 박살났다. 입 안은 온통 부서진 이빨과 잘려진 혓바닥으로 범벅이 되었다. 그와 동시에 병이 깨지며 입 안 가득 유리 조각이 파편처럼 꽂혔다.

가주는 턱뼈가 부서지는 고통보다 더한 공포를 느끼고 눈을 부릅떠야만 했다. 병이 깨지면서 무언가 뜨거운 것이 목젖을 타고 넘어가 뱃속으로 들어갔던 것이다.

노백은 한 점 흔들림 없는 눈으로 가주를 내려다보고 있었다.

여섯의 넷

"끄으윽!"

가주의 눈은 흰자위만 남도록 까뒤집어졌다.

그리고 가주의 몸에 큰 변화가 일어났다. 처음에는 얼굴이 시커멓게 변하더니 금세 목을 지나 아랫배까지 검게 물들었다.

가주는 마치 간질병이라도 앓고 있는 사람처럼 온몸을 뒤틀면서 자신의 피부를 긁어댔다.

어찌나 세게 긁어대는지 살갗이 벗겨지며 피가 흘렀다.

그러나 가주는 그것을 의식하지 못한 채 자신의 목을 움켜잡으며 손톱으로 피부를 후벼 팠다.

"끄르르르르륵!"

급기야 가주의 입에서 도저히 사람의 음성이라고 생각할 수조차 없는 괴이한 신음이 흘러나오면서 몸이 축 늘어졌다.

노백은 냉정했다.

보통 사람이라면 미간을 찌푸릴 정도로 끔찍한 광경이었다.

하지만 노백은 눈썹 하나 까닥하지 않았고, 오히려 그의 입가에는 보일 듯 말 듯한 미소마저 매달려 있었다.

노백이 돌아섰다.

그리고 노백의 눈은 자연스레 앵무를 찾았다.

십살의 우두머리 조빙(曹氷)과 묘한 대치를 하고 있는 앵무를 찾아내는 것은 그렇게 어렵지 않았다.

조빙은 검의 손잡이를 움켜쥐고 있었다.

그 검은 금방이라도 검집에서 튀어나올 것 같았다. 하지만 앵무는 아무런 말 없이 조빙을 가만히 쳐다보았다.

노백의 외눈이 빛났다.

그의 머리 속에선 앵무의 가슴을 뚫고 들어간 검이 등 뒤로 튀어나오는 광경이 그려지고 있었다.

노백은 앵무에게 달려가 그녀를 구하려 했지만……

휙휙—

나직한 파공성과 함께 나타나 노백을 에워싼 사람들의 숫자는 모두 셋이었다.

노백은 우선 정면에 서 있는 검은색 장포를 걸치고 있는 중년인을 보았다.

흑포중년인의 얼굴은 네모지고 눈빛은 차고 맑았다. 그의 허리춤에는 손도끼 하나가 삐딱하게 매어져 있었다.

검은색 장포, 그리고 허리춤에서 빛나는 손도끼!

바로 십살의 둘째인 상관홍(上官洪)만의 독특한 표식이었다.

노백은 마치 목 운동이라도 하듯이 고개를 흔들었다. 그러면서 노백은 좌우를 살폈다. 오른쪽에 서 있는 사람은 피처럼 붉은 장포를 입고 있는 제법 준수하게 생긴 삼십 대 중반의 사내였다. 그리고 그자의 손에는 큼지막한 칼이 들려 있었는데 색깔이 거무튀튀했다.

'독……? 조심해야겠군.'

안색이 약간 굳어진 노백이 왼쪽을 돌아보았을 때 하나밖에 없는 그의 눈동자가 크게 흔들렸다.

똑같은 얼굴이 거기 있었다.

게다가 입고 있는 옷도 똑같은 핏빛 장포였고 손에 들고 있는 거무튀튀한 독도(毒刀)마저 똑같았다. 마치 오른쪽에 서 있던 자가 순간적으로 이동해서 이쪽으로 돌아온 듯한 착각마저 들었다.

잠시 어리둥절한 눈으로 그자의 얼굴을 보고 있던 노백은 이내 모든 것을 알아냈다.

'쌍둥이?'

그제야 두 사람이 누구인지 알 수 있었다.

앵무에게 들은 적이 있다.

십살의 막내인 왕명상(王名上)과 왕명현(王名賢)이었다.

칼 솜씨만 놓고 본다면 사천 땅에서 다섯 손가락 안에 들 수 있다는 두 사람이다.

노백은 그렇게 세 사람의 '위치'를 확인하고 입을 열었다.

"어서 덤벼라."

말을 하면서 노백은 오른쪽 발끝에 힘을 주고 앞으로 살짝 내밀었다.

꾸욱.

노백의 신발이 흙 속으로 약간 파고들었다. 그리고 그는 아주 큰 선심이라도 쓰듯이 다시 말했다.

"너희 개들에게 주인의 복수를 할 기회를 주겠다."

상관홍의 두 눈이 불타올랐다.

강호(江湖)에 처음 발을 디딘 신출내기가 아닌 이상 저런 말을 듣고 가만히 있을 사람은 아무도 없다.

하나 상관홍은 꽤 오랫동안 강호에서 뒹굴던 사람이다. 이럴 때야말로 마음을 차분히 가라앉혀야 한다는 것쯤은 잘 알고 있었다.

상관홍이 허리에 차고 있던 손도끼를 꺼내 들었다. 그리고 그는 노백의 좌우에 서 있는 막내 동생들에게 눈짓을 보내며 입을 열었다.

"쳐라!"

허세를 부리면서 웃고는 있지만 노백도 그렇게 마음이 편한 것은 아니었다.

눈앞에 있는 상관홍이 손도끼를 꺼내 들고 양쪽에 서 있는 왕씨 형제가 한 걸음씩 다가오자 노백은 굉장한 압박감을 느꼈다.

그러나 이미 상대방이 모든 준비를 끝마친 상황이다. 약한 모습은 보일 수 없었다.

노백이……

움직였다!

여섯의 다섯

팍—

노백이 발을 들어 올리자 흙이 바산하면서 상관홍의 얼굴 쪽으로 날아갔다.

너무나도 갑작스러워서, 그보다 노백 정도 되는 실력자가 이런 짓을 할 거라는 예상을 못했기 때문에 상관홍은 그저 옷소매를 크게 휘저어 날아온 흙을 막아낼 뿐이었다.

시야를 가로막는 소매 때문에 노백을 잠깐 동안 놓쳐 버린 상관홍의 얼굴이 해쓱해졌다.

상관홍도 이날이 오기 전까지 수많은 경험을 했다.

노백의 생각쯤은 그도 읽을 수 있었다.

지금 노백은 이 기회를 놓치지 않고 자신을 향해 돌격해 들어오고 있을 것이다.

사람은 누구나 비슷한 생각을 하는 모양이다.

흙이 둘째 형의 얼굴을 덮치자 왕명상 역시 상관홍과 같은 생각을 하고 있었다.

그리고 사람은 누구나 '다음에 일어날 일'을 먼저 알고자 하는 묘한 습성을 가지고 있는 것 같다.

노백은 둘째 형을 덮칠 것이다.

그렇다면 둘째 형은……?

생각을 하기 전에 이미 왕명상의 눈은 상관홍에게 가 있었다.

쒸익—

둘째 형은 손도끼를 크게 휘둘러 자신을 보호하는 한편 도끼가 돌아가는 방향을 따라 돌아 나갔다.

"휘익……!"

왕명상은 저도 모르게 휘파람을 불었다.

둘째 형의 반응은 번개처럼 빨랐고 판단은 아주 정확했다.

상관홍이 도끼를 휘두른 방향을 따라 몸을 돌린 것은 흙더미 뒤에서 날아오고 있을 노백의 '실질적인 공격'을 피하는 행동이었다.

하나 다음 순간 왕명상은 그만 멍청해졌다.

노백이 없었다!

뿌득—

바로 그 순간 난데없이 옆에서 들리는 뼈마디가 어긋나는 소리에 왕명상이 기겁을 하고 고개를 돌렸다.

'당했다!'

발끝으로 흙을 차올린 직후 노백의 등 근육이 아주 미세하게 움직였다.

그 움직임이 미세하지만 율동적인 흐름을 타고 엉덩이로, 그리고 다시 다리로 전달되었을 때 노백의 외눈이 번뜩였다.

그는 전혀 움직이지 않았다. 그러나 다른 사람들의 눈에는 그가 움직이는 것처럼 보였을 것이다. 그것도 정면에 서 있는 상관홍에게 뛰어나가는 것처럼 말이다.

실제로는 미동도 하지 않고 단지 눈빛만으로 자신이 앞으로 달려나간다는 느낌만을 주었던 것이다.

모든 건 확률의 문제다.

결과는 그 누구도 예측할 수 없다.

왕씨 형제들이 눈을 그쪽으로 돌려주면 고마운 일이고, 아니면 다른 방법을 찾아야만 했다.

다행히 결과는 아주 만족스러운 것이었다.

노백이 왕명현을 향해 몸을 던진 것을 아무도 몰랐다.

당사자인 왕명현조차 노백이 자신의 목덜미를 붙잡자 화들짝 놀라면서 독도를 들었다.

하나 이미 늦었다.

목은 신체 중에서 가장 약한 부분이다. 잡아 비트는 것은 그다지 어렵지 않았다.

"이익……!"

바로 눈앞에서 동생의 얼굴이 본래 향했던 방향과 정반대로 돌아가는 광경을 똑똑히 목격한 왕명상은 무의식적으로 앞으로 나가면서 노백의 등을 향해 칼을 그었다.

하지만 노백의 다음 행동은 무섭도록 빨랐다.

허깨비처럼 동생 앞에 나타나 어린아이의 팔목을 비틀어 버리는 것처럼 목을 간단히 돌려 버린 노백이 넙죽 엎드렸다.

샤악—

소름 끼치는 음향과 함께 피가 튀었다. 아직은 신경이 살아 있는 왕명현의 왼팔이 퍼덕 하고 땅바닥에서 뛰어놀았다.

찰나, 하나밖에 없는 동생의 몸뚱이를 자신이 잘라냈다는 데서 오는 두려움이 밀려왔다.

왕명상은 그 자리에서 굳어버렸다. 그리고……

동생이 허물어지듯이 쓰러지는 광경이 고스란히 왕명상의 눈으로 들어오고 있었다.

그때다.

파앗—

왕명상의 눈앞에서 차가운 빛이 번뜩였다.

"죽어라!"

어느새 그의 곁으로 날아온 둘째 형의 손도끼가 노백의 뒷등을 내리찍었다. 달빛을 받아 차갑게 번뜩인 둘째 형의 도끼는 무시무시했다.

팍—

흙이 튀어 올랐다.

땅을 굴러 가까스로 손도끼를 피한 노백이 막 몸을 일으켜 세울 때 그의 외눈은 이쪽을 쳐다보는 앵무의 두 눈과 잠깐 동안 마주쳤다. 그리고……

노백이 미소를 지으며 상관홍에게 달려갔다.

앵무는 그때 '자신은 걱정 말라'는 듯이 쌩글거리며 눈웃음치고 있었다.

＊　　　　＊　　　　＊

사실대로 말해 앵무가 노백을 보고 웃은 건 아니다.

조금 전의 일이다.

금세라도 검을 뽑을 것 같았던 조빙이 우뚝 멈춰 서더니 '가주께서 죽었습니다' 라고 말했다.

조빙의 말이 너무 담담해서 앵무는 그가 자신의 마음을 동요시키려고 거짓말을 하는 줄 알았다.

하지만 앵무가 알고 있는 조빙은 말을 안 했으면 안 했지 거짓은 말하지 않는 남자였다.

앵무는 뒤를 돌아보았다.

때마침 노백이 왕명현의 목뼈를 부러뜨리고 있었다.

아주 잠깐 동안 노백에게 머물렀던 앵무의 두 눈이 땅바닥으로 향했다.

앵무가 쌩글거리며 웃었다.

당가의 가주는 땅바닥에 처참한 몰골로 쓰러져 있었다.

그렇게 뒈져 버린 '그 인간' 을 보고 있자 이십여 년을 쌓아온 감정이 한순간에 날아가는 듯했다. 그리고 공교롭게도 그때 노백과 눈이 마주쳤던 것이다.

잠시 후 앵무가 고개를 갸웃거리며 다시 돌아섰다.

"…왜지?"

"뭐가 말입니까?"

조빙이 되물었다.

앵무는 차갑게 웃었다.

"하! 네놈이 정녕 몰라서 묻는 게냐? 왜 공격하지 않고 가만히 있는 거지?"

조빙이 잠시 침묵한다.

그리고 그는 천천히 말했다.

"그러길 바라시면 이제는 가차없이 뒷등을 공격하겠습니다."

"알량한 동점심이란 말이냐?"

"뭐, 그렇다고 해두죠."

"호호호호홋!"

앵무가 깔깔거리며 웃었다. 그리고 웃음을 뚝 그친 그녀의 안색은 딱딱하게 굳었다.

"네가 감히 뉘 앞에서 함부로 지껄이는 게냐!"

앵무는 표정만큼 싸늘한 목소리로 말했다. 그래도 그녀의 눈은 여전히 웃고 있었다.

조빙은 더 이상 아무런 말도 하지 않았다. 단지 검의 손잡이를 꽉 움켜쥐었을 뿐이다.

파앗—

검의 광채가 번쩍이면서 검은 이미 검집에서 뽑혀졌고 번개같이 앵무의 미간을 노리고 찔러 들어왔다. 단칼에 상대방의 미간을 그대로 꿰뚫을 것만 같은 쾌속한 검법이었다.

과연 한때 최고의 몸값을 날리던 살수다운 솜씨!

그러나 조빙의 검은 결코 앵무의 미간을 꿰뚫을 수 없었다.

"불.이.야!"

아주 멀리서 들려오는 듯한, 그러나 어찌 들으면 귓가에 대고 속삭이는 것 같은 늙수그레한 목소리와 함께 날아온 '그것'을 먼저 발견한 사람은 조빙이었다.

앵무가 그것을 늦게 발견했다고는 하지만 그건 그야말로 근소한 차이일 뿐이다.

두 사람은 똑같이 서로의 눈앞으로 날아오는 횃불 하나를 쳐다보고 있었다.

툭—

횃불이 그 두 사람 사이에 떨어졌다.

그런데 놀라운 일이 벌어졌다.

신기하게도 주위가 순식간에 불바다로 변해 버리는 게 아닌가?

마치 기름이 잔뜩 뿌려진 길바닥에 불씨 하나가 떨어진 것처럼 불길이 치솟았다. 그리고 조빙이 앵무의 미간을 향해 찌른 검이 엿가락처럼 흐물흐물해지면서 녹아내렸다.

조빙은 그때 도망쳐야 한다고 생각했다.

그러나 눈앞에서 갑자기 치솟은 커다란 불길이 그의 사고를 완전히 멈추게 만들었다.

"헉—"

조빙의 입에서 경호성이 터졌다.

거대하게 치솟은 그 불길이 그를 사정없이 덮쳤다.

'뜨겁다!'

더 이상 아무런 생각도 할 수 없었다. 머리 속까지 몽땅 새하얗게 타 버리는 것 같았다. 그 무시무시한 열기 때문에 숨이 콱 막혔다.

그리고 가슴으로 찾아오는 극렬한 통증!

여섯의 여섯

위험에 처한 앵무를 그냥 내버려 둘 수가 없다.

그녀에게 묘한 감정이 생겨난 것은 절대 아니다.

도대체 지금 자신의 나이가 몇인데…….

그것보다 허민오는 그 두 사람의 뒤에 펼쳐진 숲 속으로 가야만 했다.

'그녀'를 묻어둔 곳이기에.

어차피 지나는 길이라면 앵무를 구해주고 싶었다.

그래, 단지 그뿐이다. 그리고……

허민오는 폭약을 들어 올리는 늙은이 앞에 내려섰다.

난데없이 나무 위에서 떨어진 허민오를 보고 놀란 늙은이가 도화선으로 가져가던 횃불을 허민오에게 휘둘렀다.

다급한 나머지 어찌할지 몰라 허둥댈 때 나오는 행동이었을 것이다.

아무리 손이 하나뿐이라고는 하지만 그 따위 힘없는 공격에 당할 허민오가 아니었다.

허민오가 손을 앞으로 뻗었다.

덥석!

허민오는 늙은이가 횃불을 쥐고 있는 손의 팔목을 간단히 움켜잡았다.

그는 그대로 늙은이의 등 뒤로 돌아 나갔다.

우두둑─

팔과 어깨의 관절이 모두 부러졌다.

"크아악!"

늙은이 왕 서방은 어깨를 부여잡고 꽈당 넘어졌다.

서둘러 발 밑에 떨어진 횃불을 주워 든 허민오의 입에서 '불이야!' 하는 고함이 터졌다. 거의 동시에 그의 손에 들려 있던 횃불은 앵무가 있는 쪽으로 날아갔다.

꽝!

허민오의 손바닥이 조빙의 가슴을 강타했다.

단단한 오동나무로 만든 탁자조차 부숴 버리는 참장은 조빙의 갈비뼈를 박살 내는 것도 모자라 그를 오 장이나 날아가게 만들었다.

조빙이 날아간 곳에는 커다란 소나무가 있었다.

픽······!

나무에 크게 부딪친 조빙의 몸뚱이가 도로 튕겨져 나와 땅바닥에 뒹굴었다.

앵무는 입을 딱 벌리고 가만히 서 있었다.

대체 무슨 일이 일어난 것인지······.

당최 이해가 되지 않았다.

횃불 하나가 날아와 땅바닥에 떨어지고 눈앞에서 거대한 불길이 치솟으면서 조빙을 덮쳤다. 그리고 불길은 일어났을 때처럼 순식간에 사그러들었다.

아니다. 사그러든 것이 아니라 한 덩어리로 모이기 시작하더니 금세 사람의 형상으로 변했다.

그곳에는 사내아이를 업고 있는 허민오가 서 있었다.

허민오는 앵무를 힐끔 돌아보았다.

"아, 저기……."

그제야 정신을 차린 앵무가 허민오를 불러 세워 자신의 눈앞에서 일어난 일에 대해 물어보려고 했다. 하지만……

허민오의 모습이 희미하게 변하는가 싶더니 이내 연기처럼 그 자리에서 사라지는 게 아닌가?

앵무는 멍하니 그 자리에 서 있을 수밖에 없었다.

정신이 몽롱했다. 꼭 꿈을 꾸다가 깨어난 것만 같았다.

앵무가 고개를 세차게 흔들었다.

그녀는 저만치 나가떨어진 조빙을 쳐다보았다.

새카맣게 타서 죽었다고 생각한 조빙은 온전한 몸으로 쓰러져 있었다. 다만 그의 가슴은 큼지막한 망치로 얻어터진 것처럼 움푹 들어가 있었다. 그리고 녹아버린 줄만 알았던 검은 그의 오른손에 쥐어져 있었다.

잠시 후 앵무는 고개를 들어 하늘을 올려다보았다.

서쪽 하늘은 노을이 곱게 물들고 땅거미가 스멀스멀 기어나오는 저녁이다.

앵무는 작게 중얼거렸다.

"고마워요."

그리고 그녀가 쌩글거리며 웃는다.

지긋지긋한 세월을 마무리하기엔 너무나도 좋은 날씨였다.

허민오는 '그녀'를 묻어둔 그 장소로 가고 있었다.

제22장

저녁이 되고…

셋의 하나

7월 15일 저녁.

맴… 매앰… 매애맴…….

스산한 바람이 부는 저녁이 되었는데도 숲 속에선 아직도 매미들이 지겹게 울어대고 있었다.

이미 어두워질 대로 어두워진 숲 속의 한 귀퉁이.

땅 밑에서 시퍼런 불똥 두 개가 솟구쳤다.

어린아이의 앉은키 정도 되는 높이에서 정지한 도깨비불은 조금씩 허공으로 올라가더니 오른쪽으로 천천히 움직였다.

뿌득—

왠지 모르게 소름이 쫙 끼치는 음향이 도깨비불 밑에서 울려 퍼졌다.

천천히 돌아가던 도깨비불이 사라졌다.

우두두둑!

소름 끼치는 소리가 조금 더 커졌다.

그리고 잠깐 동안 사라졌던 도깨비불은 왼쪽에서부터 다시 나타났다.

"쿠오오오오오오오!"

도깨비불 밑에서 듣기 싫은 괴성이 흘러나왔다.

신기하게도 그토록이나 지겹게 울어대던 매미들도 그 순간만큼은 조용해지는 것 같았다. 그리고…

도깨비불은 허공에 둥실 떠오르곤 완만한 곡선을 그리듯이 앞으로 쓰윽 뻗어 나왔다.

쿵!

묵직한 소리와 함께 도깨비불이 딱 멈추었다.

셋의 둘

어두컴컴한 숲 속으로 걸어 들어온 사람이 하나 있었다.

장무흔이었다.

그는 지금까지 '그녀'를 찾아다녔다.

사람의 행방을 추적하는 것에도 나름대로의 기본 원칙이라는 게 있다. 그것은 사람이 움직이면 반드시 그 흔적이 어딘가에 남는다는 것이다.

이곳에서 저곳으로 이동을 했다면 하다못해 풀이라도 약간 짓눌려 있어야만 한다.

그 흔적을 발견하면 남은 일은 그 흔적을 분석하여 상대방의 이동 방향을 추론하는 것뿐이다.

아무리 작은 흔적일지라도 그것을 캐보면 반드시 무언가를 발견할 수 있다는 게 지금까지의 경험에서 얻은 소중한 교훈이었다.

문제는 그 흔적을 발견할 수 있느냐 하는 것이다.

하지만 장무흔은 자신이 있었다. 그는 누구보다 자기 자신을 믿고 있었던 것이다.

미세한 흔적이라도 놓치지 않으려면 예리한 안력과 관찰력, 집중력이 필요하다. 그리고 무엇보다도 반드시 흔적을 찾아내겠다는 집요한 열정 비슷한 것이 있어야 한다.

그것이 있었기 때문에 장무흔은 추적의 전문가가 될 수 있었다.

하나 이번 상대는 달랐다.

아침부터 지금까지 줄곧 '그녀'가 남긴 흔적을 찾기 위해 온 산을 다 헤집고 돌아다녔다. 하지만 아무것도 발견하지 못했다.

'그녀'는 하늘로 솟아오르기라도 했단 말인가?

아니면……

땅으로 꺼진 것일까?

어둠에 휩싸인 숲은 조용하다.

바람도 불지 않아 아늑하다는 생각이 들기까지 했다.

하지만 장무흔은 그런 감상에 젖어 있을 틈이 없었다.

그는 이때 파헤쳐진 땅을 내려다보고 있었다. 그리고 그곳에서부터 생겨난 앙증맞은 발자국들도 보았다.

왠지 허탈했다.

온 산을 다 헤집고 다녀도 찾을 수 없었던 흔적을 이렇게 뜻하지 않은 곳에서 찾아낼 줄이야.

'열다섯… 스물일곱…….'

장무흔은 앙증맞은 발자국들을 따라갔다.

발자국은 끝없이 이어질 것만 같았지만 장무흔은 포기하지 않았다.

추적술의 기본은 끈기다. 한번 먹이를 물면 끝내 포기하지 않는 들개 같은 근성이 필요한 것이다.

그리고 장무흔은 고개를 들지 않았다.

어둠은 사람의 마음을 나약하게 만드는 묘한 힘을 가지고 있다. 제아무리 담이 큰 사람이라도 어둠 속에서만큼은 어쩔 수 없이 다른 생각이 들기 마련이다.

장무흔은 그것이 싫었다.

쿵!

문득 큰 소리가 났다.

하지만 장무흔은 소리가 난 쪽으로 고개를 돌리지 않았다.

방금 그건 틀림없이 환청일 것이다.

가끔 있는 일이지만 누군가 자신을 쳐다보는 듯한 시선을 느낄 때가 있다.

하지만 정작 시선이 느껴지는 곳으로 눈길을 돌리면 스산한 바람만 횅하니 지나갈 뿐이었다.

아마 지금도 마찬가지겠지.

그런데 이번만은 달랐다.

쿵……!

그 소리가 다시 들렸다.

환청이라고 생각하기엔 너무나도 또렷했다.

장무흔이 고개를 돌렸다. 그리고 그는 소스라치게 놀라면서 뒤로 몇 걸음이나 물러났다.

어린아이의 키만큼이나 자라난 무성한 잡초 사이…

시퍼런 불똥 두 개가 허공에 둥둥 떠 있었다.

장무흔은 꿀 먹은 벙어리처럼 아무 말도 못하고 도깨비불을 물끄러미 쳐다보았다. 그리고 그 시퍼런 불덩이 두 개가 사람의 눈이라는 것을 알아차린 장무흔은 다행이라고 생각했다.

하지만 안도의 한숨을 쉴 틈이 없었다.

쿠쿠쿠쿵……!

'그녀'가 똑바로 뛰어왔다.

그제야 장무흔의 머리 속에서 어젯밤에 암자 안에서 일어난 일들이 하나둘씩 되살아났다.

두려웠다.

자신이 이 꼬마 계집의 입속으로 들어간다고 생각하니 온몸에 소름이 끼쳤다.

쥐도 구석으로 몰리면 고양이를 문다고 했던가?

"안 돼! 오지 마!"

장무흔이 앞으로 나가면서 오른손을 휘둘렀다. 그의 손이 그녀의 왼쪽 어깨를 가격했다.

꽝!

순간 장무혼의 손목이 그대로 부러지고 말았다.

장무혼은 그녀의 어깨를 때린 자신의 손이 마치 강철로 만들어진 벽을 후려친 것처럼 뼈마디가 완전히 으스러진 것을 깨달았다.

미처 아픔을 느낄 틈도 없었다.

장무혼의 가슴으로 파고든 그녀가 손을 뻗어왔다.

퍽!

장무혼이 입을 딱 벌렸다.

그의 얼굴에는 두 줄기 눈물이 흘러내리고 있었다. 아니, 그것은 눈물이 아니었다. 눈꼬리가 찢어져 가느다란 핏줄기가 흘러내리고 있던 것이다.

"쿨럭!"

장무혼의 입에서 피가 주룩 흘렀다. 그리고…

그녀의 입술이 비틀리듯이 쩍 벌어졌다.

셋의 셋

청효자는 발 밑에서 무언가를 집어 들었다.

처음엔 그저 물컹한 느낌이 들어 발 밑을 살펴보았다.

하지만 청효자는 이내 눈을 크게 찌푸리면서 그 물체를 멀리 집어 던졌다.

사람의 염통.

그것도 채 피가 마르지 않았고 반쯤은 씹힌 흔적이 남아 있는 끔찍한 형상이었다.

청효자가 다시 발 밑을 내려다본다.

앙증맞은 발자국이 아주 길게 늘어섰다. 두 개씩 찍혀 있는 발자국은 일정한 간격을 가지고 있었다.

청효자는 '그녀'가 가고 있는 방향을 쳐다보았다.

이 길을 쭉 따라가면 검문산의 정상이 나온다.

검문산의 정상에서 바라본 하늘은…….

청효자는 넋을 잃지 않을 수가 없었다.

이때 느낀 감동은 죽어서도 잊지 못할 것만 같았다.

바로 눈앞에, 손을 쭉 뻗으면 닿을 듯한 곳에 까만 하늘이 있었다. 그리고 그 까만 하늘에는 별이 총총 박혀 있었다.

그 별들……

다 세어보진 못했지만 무척이나 예뻐 보였다.

그러고 보니 자신도 아주 어린 시절에는 그 별들처럼 반짝이고 싶다고 생각한 적이 있었다.

아련한 추억을 떠올리면서 청효자가 하늘에서 시선을 거두었다.

청효자의 얼굴에 약간의 실망이 스친다.

황량했다.

주위에는 큼지막한 바윗덩이들만 여기저기 늘어서 있을 뿐이었다.

휘이이이잉—

옷을 헤집고 들어오는 바람이 삭막하게만 느껴지는 건 당연한 건지도 몰랐다. 그리고……

"음……."

청효자는 현기증이 일어나는지 머리를 만졌다.

처음 만났을 때도 '그녀'는 사람의 살점을 뜯어 먹고 있었다.

그렇게 따지면 눈앞에 펼쳐진 광경은 그리 새삼스러운 일도 아니다. 하지만…….

우드드드드득!

짜증을 부리는 어린아이의 장난 같은 손짓에 의해 사람의 다리 하나가 몸통에서 뜯겨져 나가는 광경은 그의 상상과는 판이하게 달랐다.

청효자는 고개를 흔들었다.

아무리 생각해 보아도 저런 것은 이제 겨우 열 살이 조금 넘어 보이는 조그만 꼬마 계집이 할 짓이 아니다.

그러나 청효자의 생각에는 아랑곳없이 그녀는 다리를 뜯어 먹고 있었다. 우적우적 요란한 소리를 내면서 뼈까지 씹어 삼키고 있었다.

'그녀'를 지켜보는 청효자의 얼굴에는 아주 복잡한 표정이 떠올랐다.

나쁜 건 고루노괴다.

저 아이가 아니다.

허 노인의 말처럼 고루노괴가 저 아이를 납치만 하지 않았어도 저렇게 되지는 않았을 것이다.

알고는 있다.

하지만 그래도…….

제23장

그 사람이 나를 찾아온다

둘의 하나

7월 15일 밤.

청효자의 얼굴에 떠올라 있던 여러 가지 복잡한 표정이 점차 사라졌다.

청효자가 그녀를 향해 걸어갔다. 그리고 그는 그녀와 어느 정도 거리를 두고 멈춰 섰다.

여전히 그녀는 사람을 씹어 먹었다.

청효자는 마치 식사를 대접하는 입장에 서 있는 사람이라도 되는 양 그녀를 가만히 지켜보고 있었다.

청효자의 얼굴이 서서히 변하기 시작했다. 대나무 잎처럼 푸르게.

얼마간의 시간이 흘렀을까?

그녀를 지켜보던 청효자가 뻣뻣해진 목뼈를 풀어주기 위해 목 뒤를 가볍게 몇 번 주물렀을 때다.

투욱!

그녀의 발 밑에 무언가 떨어졌다. 이때까지 그녀가 먹어치우던 사람의 한쪽 다리였다.

그 다리 하나만을 남겨두고 그녀는 사람 하나를 통째로 먹어치운 것이다.

청효자가 고개를 갸웃거렸다.

왜 저 다리는 먹어치우지 않는 것일까?

눈을 가늘게 뜨고 그 다리를 자세히 살펴보니 그것이 의족이라는 사실을 알 수 있었다. 무엇으로 만들어진 것인지 모르겠지만 실제 사람의 다리와 너무나 흡사했다. 자세히 살펴보지 않으면 의족이라는 사실도 모를 정도로 아주 정교하게 만들어진 물건이었다.

"킁킁!"

짐승처럼 주변의 냄새를 맡던 그녀가 돌아섰다.

그녀의 새까만 눈이 향한 곳에는 청효자가 서 있었다.

두 사람은 그렇게 서로를 쳐다보고 있었다.

한쪽은 전설 속에서나 들을 수 있다는 검강을 익힌 당금 무림의 제일인자(第一人者)!

다른 한쪽은 고루노괴가 자신의 신념을 굽히지 않고 끝내 만들어낸 죽어도 죽지 않는 괴물!

두 사람 주위에는 일촉즉발(一觸即發)의 팽팽한 긴장감이 감돌기 시작했다.

'이런 긴장감을 맛본 게 언제더라?'

청효자는 희미하게 웃었다.

다시 안색을 바로한 청효자가 눈을 감고 자신의 마음을 가다듬었다.

'눈앞에 있는 것은 사람의 형상은 하고는 있지만 사람이 아니다. 단지 인형 같은 존재일 뿐이지.'

청효자가 다시 눈을 떴다. 찰나 그의 눈 깊숙한 곳에서 새하얀 광망(光芒)이 피어올랐다.

그리고 그것이 신호인 양 그녀가 양 무릎을 전혀 굽히지 않고 뛰어왔다.

"크아아아아……!"

그녀의 입 구멍에서 치떨리는 괴음이 흘러나왔다. 그녀는 금세 청효자의 코앞까지 다가오고 있었다.

꽈앙!

폭음과 함께 작렬한 푸른 섬광(閃光)이 그녀의 가슴 쪽으로 쏘아져 들어갔다. 송문검의 끝은 그녀의 몸뚱이를 사정없이 찔러 버렸다.

한데 놀라운 일이 벌어졌다.

따앙!

그녀의 몸에서 쇳소리가 났다. 그리고 그녀의 가슴을 관통했어야 할 송문검이 뒤로 퉁겨져 나왔다.

찍—

그 대신 그녀가 입고 있는 옷자락이 찢어지면서 봉곳한 가슴이 불쑥 튀어나왔다.

청효자는 순간적으로 당황했다.

시큰거리는 손목 때문에 청효자는 하마터면 송문검을 놓쳐 버리는 수치를 당할 뻔한 것이다.

청효자가 재빨리 한 걸음 뒤로 물러났다.

청효자는 송문검과 그녀를 번갈아 보았다.

'이런 일이……!'

설마 이젠 검강조차 안 통하는 몸뚱이가 되어버렸단 말인가?

전혀 예상치 못한 일!

그녀의 몸뚱이가 처음 만났을 때보다 훨씬 더 단단해져 있었던 것이다. 하지만 어느새 청효자의 얼굴에는 희미한 웃음이 매달려 있었다.

예상외로 단단해진 그녀의 몸뚱이 때문에 아주 잠깐 동안 놀라긴 했다. 그렇지만 청효자로서는 이제야 비로소 자신이 가지고 있는 무공을 몽땅 펼칠 수 있는 상대를 만난 듯한 느낌이었다.

청효자는 천하제일인이라는 이름을 얻고 난 이래 단 한 번도 자신이 평생 갈고닦은 무공을 '제대로' 펼쳐 볼 기회를 얻지 못했다. 그렇지만…….

'검강이 통하지 않는 이 아이라면…….'

생각을 하는 것만으로도 가슴이 뛰기 시작했다. 드디어 청효자에게도 그 기회가 찾아온 것이다.

"크아아앙!"

마치 아픔을 느끼는 '사람'이라도 되는 것처럼 그녀는 몸을 뒤틀면서 돌격해 들어왔다.

청효자가 몸을 움직였다.

그의 몸이 약간 흔들린다는 생각이 들었을 때 그는 이미 그녀의 옆으로 돌아가서 검을 휘두르고 있었다.

그녀의 왼쪽 옆구리 쪽에서 짙푸른 섬광이 번뜩이고,

꽝!

강한 충격을 받은 그녀의 작은 몸은 떠밀리듯이 십여 장이나 날아가 땅바닥에 처박혔다.

하나 그녀는 금세 발딱 일어났다.

쿵쿵쿵! 쿵!

그녀가 청효자를 향해 다가왔다.

양손을 앞으로 뻗은 채 무릎을 전혀 굽히지 않고 뛰어오는 그녀를 보면서 청효자는 눈살을 살짝 찌푸렸다.

그녀가 다가옴에 따라 고약한 악취가 진하게 풍겨왔다.

그것은 꼭 쓰레기 더미에서나 맡을 수 있는 그런 냄새 같기도 했다.

어쨌든 그의 검강이 완전히 실패한 것은 아닌 모양이다.

그녀의 옆구리 쪽에서 악취를 풀풀 풍기는 싯누런 액체가 줄줄 흘러내리고 있었던 것이다. 하지만 그녀의 몸에서 빠져나가는 약물의 양은 점점 줄어들고 있었다.

"좋군. 그 정도는 되어야 내가 전력을 다할 수가 있지."

그녀의 몸에 난 상처가 금세 아무는 것을 보면서 청효자는 미소를 지었다.

청효자가 느릿하게 말을 이었다.

"십삼 년 전에 괴물이 된 내 누이동생을 보고 고루노괴는 실패작이라고 말하면서 실망했다. 하나 나는 그때 알 수 없는 두려움을 느꼈다."

지금 그 말은 거짓이 아니다.

청효자는 당시에 커다란 공포를 느끼고 있었다.

생각을 해봐라.

그때까지 무공을 전혀 알지 못했던 누이동생이 무림고수 둘을 간단히 찢어버리는 광경을, 그리고 손을 덥석 붙잡아 가볍게 흔들었을 뿐인데 어깨에서부터 그냥 뜯겨져 나가는 팔을 상상해 보란 말이다.

그러나 더 두려운 것은 고루노괴의 입에서 아무렇지도 않게 흘러나온 한마디였다.

실패작…….

그렇다면 과연 고루노괴가 인정하는 진정한 '작품'은 어떤 위력을 가지고 있을까?

감히 상상조차 할 수 없었다.

청효자가 다시 말했다.

"청성산으로 되돌아간 나는 이런 생각을 해보았다. 어떻게 해야 고루노괴를 죽일 수 있을까?"

그가 고개를 저었다.

"이런저런 생각을 해보았지만 나는 고루노괴를 죽일 수 없다는 결론을 얻어야만 했다. 무엇 때문인지 아느냐?"

대답을 기다리기라도 하듯이 잠깐 동안 침묵을 지킨 청효자가 씁쓸하게 웃었다.

왠지 자신이 바보처럼 느껴진 것이다.

아무것도 모르는 저 아이에게 무엇을 묻고 무슨 답을 기다리고 있단 말인가?

그저 지금까지 가슴 깊이 숨겨둔 말만 하면 되는 것을…….

"하아, 나는 그 뒤로 고루노괴를 만나지 못했단다. 그래서 난 그자가 소문처럼 죽었다고 생각하고 있었던 것도 사실이다. 그러나 이런 생각을 해보았다. 만약에 그자 고루노괴가 또 다른 마물을 만들어놓고 죽었다면… 그리고 그 마물이 내 누이처럼 실패작이 아닌 진짜 '작품'이라면……."

그날부터 청효자는 고루노괴가 만들어낸 마물을 없앨 수 있는 방법을 철저하게 연구했다.

"원래 내 문파의 검술에는 모두 서른여섯 가지의 수법이 숨어 있었다. 물론 그 서른여섯 가지의 수법 중에 버릴 것은 단 하나도 없을 정도로 대단한 검법이다. 내가 천하제일인이라는 이름을 얻은 것도 다 그 검법 덕분이었으니 얼마나 무시무시한 무예(武藝)인지 알 수 있을 것이다. 나는 우선 그 검법 속에서 찾아보았다. 그자가 만들어낸 마물을 죽일 방법을!"

청효자가 하늘을 올려다보았다.

자신을 가만히 내려다보는 파리한 보름달을 보면서 청효자는 입을 열었다.

"하지만……."

청효자가 고개를 살짝 흔들었다.

"아무리 생각해 보아도 그 검법만 가지고는 고루노괴가 만들어낸 마물을 죽일 수 없다는 것을 알았다."

청효자는 다른 방법을 생각해야만 했다.

그리고 사 년째 되던 해에 청효자는 어떤 '가능성' 하나를 발견했다.

둘의 둘

"나는 지난 구 년 동안 그 서른여섯 가지의 수법들을 하나씩 줄여 나갔다. 그리고 지금은 단 네 가지의 수법만이 남게 되었다."

서른여섯 개의 변화를 단 넷으로 만들었다.

남들은 변화를 늘리려고 발악을 하는데 그는 오히려 변화를 줄여 버렸단다.

하지만 무공에 대한 지식이 조금이라도 있는 사람이 지금 이 말을 들었다면 차라리 혀를 깨물고 죽고 싶었을 것이다.

지금 청효자가 하는 말뜻은 비록 검술에 숨어 있는 변화의 숫자는 줄어들었지만 그 반면에 변화 하나하나에 담겨 있는 위력과 오묘한 수법은 상상을 불허할 정도로 발전해 있다는 것이다.

하지만 괴물이 되어버린 그녀는 아무것도 모른다. 그래서 그녀는 여전히 청효자를 향해 뛰어가고 있는 것이다.

"아이야, 너는 기대해도 좋을 것이다."

청효자는 빙긋이 웃으면서 말을 이었다.

"서른여섯 나누기 넷, 수치상으로만 따져도 먼젓번보다 아홉 배 이상의 위력을 지니고 있을 테니까."

청효자가 송문검에 진기를 주입하자 검신(劍身)이 푸르게 빛나기 시작했다.

그는 말을 계속했다.

"그 네 가지 수법을 지금부터 보여주마. 아마 나는 이것을 두 번 다시 펼칠 수 없을 것이다. 아이야, 그래서 나는 너에게 고맙다고 말하고 싶구나. 세상에 내놓기가 두려운 이 무공을 네 덕분에 지금 이 자리에서 꺼낼 수 있으니까. 그래, 잘 보거라. 이게 그 첫 번째 수법이니까."

말을 다 마쳤을 때 그녀와 청효자 간의 거리는 이 장(二丈)이 채 못 되었다.

청효자가 송문검을 들고 그냥 쭉 앞으로 내밀었다.

파아아아아아!

무시무시한 힘이 그녀를 가로막았다.

바람 한 점 불지 않았는데 그녀의 옷자락이 찢어질 것처럼 펄럭였다.

그녀가 크게 주춤거릴 때,

"두 번째는 이것이다."

청효자는 송문검을 허공으로 번쩍 치켜들었다가 그녀의 머리를 향해 내리찍었다.

참 어설퍼 보이는 몸짓이었다.

마치 부잣집에서 종살이를 하고 있는 머슴이 장작을 패기 위해 도끼를 머리 위로 들었다가 내리찍는 듯한 모습 같았다. 그러나 그 위력만큼은 전혀 어설프지가 않았다.

쿠쿠쿠— 콰콰콰!

거대한 해일이 일어나 그대로 그녀를 향해 덮쳐 가는 듯한 착각이 들었다.

단순히 송문검이 위에서 아래로 떨어졌을 뿐이다. 그런데도 주위의 공기가 무섭게 요동 치며 가공할 경기가 사방을 온통 짓이겨 버릴 듯이 마구 휘몰아쳤다.

"쿠아아아아아아아아앙!"

그녀가 미친 듯이 괴성을 지르며 몸을 뒤틀었다.

우두둑! 뿌드득!

그녀의 몸에서는 뼈마디가 어긋나는 소리가 끊이지 않았다.

위에서 내리누르는 무시무시한 압력 때문에 그녀의 눈두덩이기 쑥 들어가고 눈알은 툭 불거져 나왔으며 입에서는 싯누런 액체를 토해내고 있었다.

바들바들 떨고 있는 그녀의 모습은 차라리 애처롭다.

그러나 청효자의 연환공격(連環攻擊)은 아직 끝난 게 아니었다.

"세 번째!"

짧은 말이 끝나기 무섭게 청효자는 활을 떠난 시위처럼 그녀를 향해 돌격해 들어가면서 검을 들었다.

팟!

짙푸른 섬광이 피어올랐다.

신기하게도 이제껏 송문검이 움직일 때마다 나던 굉음이 하나도 들려오지 않았다. 단지 푸른 번개가 조용히 피어올랐다가 사라졌을 뿐이다.

하지만 빨랐다.

푸른 섬광이 채 사라지기도 전에 그녀의 입 구멍에서는 치 떨리는 괴음이 터져 나오고 있었다.

제24장

나는 이렇게…

넷의 하나

7월 15일 밤.

치익—

송문검은 한 치의 오차도 없이 그녀의 목을 관통했다.

그녀의 목 뒤로 삐죽이 튀어나온 검끝은 여전히 푸르게 빛나고 있었다.

쓰윽—

날이 없는 송문검은 그녀의 목 주위를 돌아 나간다. 그리고 그녀의 목은 너무나도 쉽게 잘려져 나가고 있었다.

청효자의 푸른 얼굴 위로 언뜻 실망이 스쳐 지나갔다.

네 번째 수법은 꺼내보지도 못한 것이다.

이 아이가 단 한 수만 더 버텨주길 바랬는데…….

아쉽지만 어쩔 수 없었다.

목이 절반이 넘게 잘려진 그녀에게 더 이상 무언가를 바란다는 것은 자신의 욕심일 뿐이니까.

청효자가 그런 생각을 하고 있을 때였다.
그녀에게 미세한 변화가 일어나고 있었다. 그녀의 새까만 눈이 조금씩 바뀌기 시작한 것이다.
눈의 색이 점점 흐릿해지고 있었다.
검은 것과 흰 것이 또렷한 원래의 눈동자로 돌아온 것은 완전히 잘려진 그녀의 머리가 땅으로 떨어지던 무렵이다. 그리고……
그녀는 아주 희한한 경험을 한다.
사람이 죽을 때가 되면 자신이 살아온 인생이 하나둘씩 눈앞에서 아주 빠르게 지나간다고들 말한다.
지금 그녀가 보고 있는 영상들처럼 말이다.

*　　　　*　　　　*

언니와 형부가 죽어도 다음날에도 해는 어김없이 떴다.
그리고 혜림의 주위에서 일어나는 일상생활 역시 별로 변한 게 없다.
아침이면 배가 고팠고, 점심에 밥을 먹으면 졸리고, 저녁에는 반찬 투정을 하고, 밤에는 잠을 잤다.
다만 한 가지,
엄마가 매일 아침저녁으로 사리로 엮어 만든 대문 주위를 서성이고 있었다. 아마도 소식이 없는 아빠를 기다리나 보다.

아빠가 초가집으로 찾아온 것은 언니가 죽은 지 십육 일째 되는 날
이었다.

혜림은 그때 엄마가 차려준 맛있는 음식을 먹고 있었다.

아빠의 모습은 너무 달라져 있었다.

다 떨어질 대로 떨어진 옷은 걸레처럼 변해 있었고 몇 달 동안이나
씻지 않은 것인지 온몸에서 악취가 풀풀 풍겼다.

영락없는 비렁뱅이였다.

"…어디 계셨어요?"

엄마가 아빠의 머리부터 발끝까지 훑어보면서 걱정스레 물었다.

아빠는 건성으로 대답했다.

"그냥… 여기저기."

"목욕부터 하실 거예요? 아님 우선 같이 밥이라도 먼저 먹을까요?"

"밥! 배고파."

아빠는 혜림의 앞에 앉았다.

혜림은 아빠의 몸에서 나는 지독한 악취 때문에 코를 틀어막았다.
그러나 아빠는 전혀 개의치 않는 듯한 태도로 엄마가 주는 밥을 아주
맛있게 먹었다.

그 모습이 혜림의 심기를 크게 건드렸다.

'도대체 누구 때문인데! 누구 때문에 엄마와 함께 지금 언니의 집으
로 도망쳐 온 것인데 저렇게 당연하단 듯이 행동하는 거야!'

아빠를 노려보던 혜림은 엄마에게 시선을 주었다.

엄마는 고개를 살짝 흔들었다. 아빠를 그렇게 나쁘게 생각하지 말라
는 뜻 같았다.

왠지 엄마도 마음에 들지 않았다.

인상을 잔뜩 쓴 혜림은 수저를 거칠게 내려놓고 일어났다.

며칠간 아빠와 생활하면서 알게 된 사실이 하나 있다.

아빠는 아무렇지 않게 행동하고 있지만 혜림이 생각할 때 그는 조금 이상해져 있었다.

이런 일이 있었다.

깊은 밤에 오줌이 마려워 방문을 밀고 나가던 혜림은 언니의 무덤 앞에 무릎을 꿇고 앉아 있는 아빠를 발견했다.

처음에는 아빠가 언니의 죽음을 슬퍼하는 것이라고 생각했지만 그게 아니었다. 그는 끊임없이 무언가를 중얼대고 있었는데 간간이 욕설도 튀어나오고 그랬다.

아빠가 혜림의 기척을 느꼈는지 고개를 돌렸다.

혜림은 숨이 멎을 것 같았다.

어둠 속에서 빛나는 아빠의 눈은……

혜림은 자신이 마당에 나온 이유도 잊어버리고 냅다 방 안으로 다시 들어갔다.

그녀는 그날 이불에 오줌을 쌌다.

하나 다음날 아침이 되자 아빠는 언제 그랬냐는 듯이 이불을 빨고 있는 엄마와 이야기를 나누면서 웃고 있었다.

혜림은 엄마가 혼자 있을 때 지난밤의 이야기를 해줬다.

그러나 엄마는 '너의 착각이겠지'라고 하면서 별로 신경을 쓰지 않았다.

또 한 번은 이런 일도 있었다.

그날 혜림은 엄마와 함께 저녁 찬거리를 사러 저잣거리에 다녀왔다.

가파른 언덕을 올라오자 작은 초가집이 보이기 시작했다.

그리고 혜림과 엄마가 초가집의 대문 앞에 섰을 때 두 사람은 너무
놀란 나머지 서로를 쳐다보았다.

아빠가 지붕 위를 왔다 갔다 하고 있는 게 아닌가.

그나마 조금 먼저 상황 파악을 한 엄마가 먼저 아빠가 있는 곳으로
달려가면서 소리쳤다.

"지금 뭐 하시는 거예요! 내려와요!"

앙칼지게 변한 엄마의 목소리 때문일까?

두 사람을 돌아보던 아빠의 몸이 약간 옆으로 기우뚱하더니 '어?
어!' 하는 사이에 지붕에서 곤두박질쳤다.

쿵!

땅바닥에서 벌레처럼 꿈틀대는 아빠가 기어들어 가는 작은 목소리
로 웅얼거렸다.

"돈은… 돈은 조금 있다 갚을게."

아무것도 모르는 혜림이지만 아빠가 아무래도 정상이 아닌 것 같은
느낌이 들었다.

그래서 혜림은 옆에 서 있는 엄마를 돌아보았다. 하지만 그녀는 눈
물을 흘리는 엄마의 모습을 보고 나선 아무런 말도 할 수 없었다.

아빠는 사흘이나 누워 있었다.

나흘째 되던 날의 아침에 자리에서 일어난 아빠의 표정은 유난히 밝
아 보였다.

아빠는 아침부터 서둘렀다.

몸을 씻고, 옷을 입고, 밥을 먹는 것도 평소보다 배는 빠른 시간에 이루어졌다.

좀 이상하다는 듯이 아빠를 쳐다보는 엄마에게 그는 '어젯밤에 꿈을 꿨는데 그 꿈이 너무 좋다'고 말했다.

그리고 아빠는 '이 근처에 사는 친구에게 간다'고 하면서 대문을 밀었다.

엄마가 아빠를 마중했다.

혜림은 엄마의 뒤를 쫄래쫄래 쫓아갔다.

대문 앞에 있는 언덕을 내려가기 전에 아빠가 갑자기 이렇게 말했다.

"우리 다 같이 죽을까?"

"네? 무슨 말씀이세요?"

"아니야, 아무것도……."

얼버무린 아빠가 이상한지 엄마는 고개를 갸웃거렸다.

아빠가 엄마의 어깨를 두드리고 걱정 말라는 듯이 웃으면서 언덕 밑으로 내려갔다.

아빠는 저녁이 되어서야 돌아왔다.

그의 손에는 자그마한 단지 하나가 들려 있었다.

아빠는 굉장히 좋은 술을 얻어왔다면서 엄마의 손을 붙잡고 초가집으로 끌고 들어가다시피 했다.

아빠가 꺼내놓은 술에선 정말 향기로운 냄새가 났다.

혜림은 그 냄새에 취해 저도 모르게 침을 꿀꺽 삼켰다.

아빠는 빙그레 웃으면서 '너도 한번 먹어보아라' 하면서 혜림에게 잔을 내밀었다.

혜림은 멋모르고 그 향기로운 냄새가 나는 술을 한 모금 꿀떡 삼켰다.

잠시 후 그녀의 인상이 찌그러질 대로 찌그러졌다.

"에이, 씨!"

그 모습이 귀여운지, 혹은 재밌었는지 엄마와 아빠는 깔깔거리며 웃어댔다.

혜림은 두 사람을 번갈아 보면서 곱게 눈을 흘겼다.

한데 그 술은 이상했다.

달랑 한 모금을 마셨을 뿐인데 눈앞에 있는 엄마와 아빠의 얼굴이 빙글빙글 돌면서 졸음이 쏟아졌다.

별다른 의심을 하지 않았다.

혜림으로선 처음 마셔보는 것이니 당연히 술 맛은 모르고 또 술을 마신 후에 어떤 증상이 생기는지 알지 못했다.

그저 '술이란 건 이런 거구나' 라는 생각밖에 없었다.

하지만 그게 아닌가 보다.

그대로 픽 쓰러진 혜림은 엄마의 목소리를 들을 수 있었다.

"다, 당신 술 속에 무언가를……."

마치 혀가 잔뜩 꼬부라진 것처럼 엄마의 발음은 무척이나 이상했다. 그리고……

장면은 거기서 빠르게 변한다.

온몸이 타는 듯한 열기!

잠에서 깨어나서 처음 본 것은 눈앞에서 이글이글 타오르는 불길, 벽에 딱 달라붙어서 오돌오돌 떨고 있는 작은 몸뚱이, 그리고 옷에서 풀풀 풍기는 기름 냄새……

짐승의 울부짖음 같은 비명!

살려달라고 고함을 질러대는 엄마의 목소리, 아무것도 할 수 없는 나약함, 불길 너머에서 미친 듯이 날뛰다 쓰러지는 엄마의 모습, 하늘이 무너지는 듯한 절망, 볼을 타고 흘러내리는 투명한 눈물.

난데없이 들리는 폭음!

벽이 허물어지면서 그곳에서 아른거리는 사람의 그림자.

유령처럼 불길을 가로질러 다가오는 괴인(怪人).

앙상하고 주름진 손에 멱살이 붙잡혔다는 생각이 들자 이미 차가운 땅바닥으로 곤두박질치는 작은 몸뚱이.

그리고 분노……!

혜림은 다 타버린 초가집을 등지고 서 있었다.

그녀는 대문 밖에 쓰러져 있는 아빠를 물끄러미 쳐다보았다.

아빠의 오른손에는 피가 묻은 식도가 쥐어져 있다. 그리고 그의 왼쪽 팔목에서 흘러나온 피가 땅바닥에 흥건히 고여 있었다.

"큭큭큭, 집에 불을 지르고 자살한 모양이군."

누군가 혜림의 등 뒤에서 키득거리면서 말했다.

마치 굉장한 구경거리를 발견한 사람처럼 말이다.

강팍한 목소리가 꽤나 귀에 거슬렸지만 혜림은 뒤로 돌아보지 않았다. 그녀는 나무에 기댄 채 쓰러져 있는 아빠의 얼굴을 뚫어져라 쳐다보았다.

지현 언니가 죽는 것을 직접 눈으로 목격한 탓인지 이젠 시체를 보아도 덤덤하기만 했다.

등 뒤에 있는 그 사람이 다시 말했다.

"크크큭! 재밌군, 재밌어. 아비라는 놈이 자기 자식을 죽이려 하다니……."

"……."

"참, 네 어미는……."

"……!"

혜림은 뒤로 돌아섰다.

그녀가 어깨를 흠칫 떨었다.

뒤에 서 있는 그 사람은 주름살이 가득하고 백발이 성성한 할아버지였다. 쭈글쭈글한 할아버지의 얼굴에는 그 주름살만큼이나 많은 상처들이 빽빽하게 나 있었다. 게다가 한쪽 눈이 있어야 하는 곳에는 퀭한 구멍만이 있었다.

그러나 혜림의 몸이 떨린 이유는 그 할아버지의 얼굴이 무서웠기 때문이 아니었다.

엄마가……

시커먼 숯덩이가 되어버린 엄마가 그 할아버지의 발 밑에 쓰러져 있었다.

혜림은 얼른 고개를 돌렸다.

땅바닥에 쓰러져 있는 아빠가 다시 그녀의 눈에 들어왔다.

혜림은……

그녀는 아빠가 용서되지 않았다.

혜림이 아빠를 향해 달려갔다.

픽!

아빠를 거칠게 걷어차 버린 혜림의 눈에 눈물이 고였다.

소매로 눈물을 쓱 닦은 그녀는 아빠를 똑바로 노려보면서 또박또박 말했다.

"아빠 같은… 아빠 같은 어른 따위는 절대로 안 될 거야."

그녀는 두려웠다.

이대로 나이를 먹고 어른이 되면 꼭 아빠 같은 사람이 될 것 같아 무서워 견딜 수가 없었다.

혜림의 작은 몸이 부들부들 떨렸다.

넷의 둘

…끊어졌던 영상이 다시 이어졌다.

이번에는 장소가 확 바뀌었다.

혜림은 더 이상 아빠를 노려보고 있지 않았다. 그리고 이곳은 언니가 살고 있던 초가집도 아니었다.

그곳은 통나무로 만든 오두막이었다.

딱딱한 벽에 등을 기대고 앉은 혜림은 고개를 푹 떨구고 자신의 발끝을 쳐다보고 있었다.

주위는 어두웠다.

오두막 안을 밝혀주는 유등의 불이 조금씩 작아지고 멀리서는 늑대들이 울어댄다.

오두막 안에는 아무도 없었다.

문이 열리고 사람이 나타난 것은 오두막의 틈새로 햇빛이 들어왔을 때쯤이다. 그 사람이 들어오자 쏟아져 들어오는 햇빛 때문에 눈이 부셔서 견딜 수가 없었다.

혜림은 눈을 질끈 감아버렸다.

탁.

문이 닫히는 소리가 났다.

다시 눈을 뜬 혜림은 그 사람을 보았다. 며칠 전에 불길 속에서 자신을 구해준 할아버지였다.

혜림은 눈썹과 눈썹 사이를 살짝 찌푸렸다.

할아버지의 가슴에는 시체 하나가 안겨 있었다.

며칠 동안 할아버지를 지켜본 혜림은 그 시체가 어떻게 될지 누구보다 잘 알고 있었다.

그러나 그 할아버지는 자신을 보고 미간을 찌푸리는 혜림에겐 관심도 없는 모양인지 그녀에겐 눈길조차 주지 않았다.

할아버지는 혜림을 스쳐 지나가더니 반대쪽 벽 앞에 있는 탁자 위에 시체를 올려두었다.

탁자 밑에는 칼이 하나 있었다.

그 칼을 주워 든 할아버지의 손길이 바빠진다. 그리고 오두막 안은 쓰레기 더미 속에서나 맡을 수 있는 악취가 진동했다.

혜림은 그 할아버지의 등을 쳐다보고 있었다.

보통 때라면 그녀는 그 악취 때문에 속이 뒤집어졌을 것이지만 지금은 그저 인상을 몇 번 썼을 뿐이다. 아마 며칠 동안 냄새를 맡았기 때문에 조금은 익숙해진 모양이다.

한참의 시간이 지나도 그 할아버지는 뒤를 돌아보지 않았다.

혜림도 아무런 말이 없었다.

다만 그 할아버지는 간간이 옆에 놓아둔 책자에다가 무언가를 쓰고 있을 뿐이다.

그 할아버지가 돌아섰을 때 혜림은 탁자 위를 힐끔 보았다.

혜림은 인상을 잔뜩 쓰고 눈을 질끈 감았다.

너무나 당연한 이야기지만 이 시절의 혜림은 토막난 시체들의 몸에서 나온 내장 덩어리를 오랫동안 보고 있을 정도로 비위가 좋지 않았다.

"저기… 고루노괴 할아버지."

그 할아버지 고루노괴가 처음으로 혜림이 앉아 있는 곳을 내려다보았다.

혜림이 물었다.

"그게 뭐야?"

"며칠 동안이나 보고도 모르느냐?"

고루노괴는 아주 퉁명스레 되물었다.

하지만 혜림은 고개를 저었다.

"아니, 혜림이가 '지금 이대로의 모습' 으로 살 수 있는 방법이 있다고 말했잖아요?"

고루노괴는 잠시 침묵했다.

그리고 그는 천천히 말했다.

"사람을 씹어 먹는 괴물이 실제로 있다는 이야기를 들어본 적이 있느냐?"

"음… 아니."

"이제 네가 그렇게 되어야 한다."

"시, 싫어!"

눈을 휘둥그레 뜬 혜림이 고개를 세차게 저었다.

고루노괴는 짐작하고 있었던 것처럼 고개를 끄덕였다. 그리고 다시 입을 열었다.

"그게 싫다면 넌 지금 그대로의 모습으로 살아갈 수 없는데도 말이냐?"

혜림은 고루노괴를 빤히 처다보았다.

고루노괴는 혜림의 대답을 기다리듯이 그녀를 지켜보았다.

혜림이 조그만 입술을 열었다.

"…다른 방법은 없는 거야?"

"없다."

고루노괴의 짧은 대답.

혜림은 다시 한 번 이렇게 물었다.

"진짜야?"

고루노괴가 묵묵히 고개를 끄덕였다.

혜림은 입을 꾹 다물었다.

잠시 시간이 흘렀다.

혜림이 고개를 푹 떨구더니 조그만 입술을 열었다.

"알았어요. 달리 방법이 없다면……."

＊　　　＊　　　＊

주마등처럼 '그녀'의 눈앞을 스쳐 지나가던 영상이 그렇게 끝이 났다.

주위는 조용했다.

청효자는 땅바닥에 나뒹구는 그녀의 머리를 가만히 응시하고 있었다.

잠시 후 청효자가 말했다.

"너를 납치한 고루노괴를 원망하거라."

청효자는 돌아섰다.

휘이이이잉…….

때마침 제법 쌀쌀한 아침 바람이 땅에 떨어진 그녀의 머리를 흔들고 지나갔다.

그녀의 긴 머리카락이 제멋대로 나부낀다.

그리고 그녀는 바람을 아주 좋아한다.

문득 땅에 떨어진 그녀의 머리가 떠듬떠듬 말했다.

"엄.마, 그.런. 눈.으.로. 혜.림.이. 쳐.다.보.지. 마."

저만치 걸어가던 청효자가 멈칫거렸다.

하지만 청효자는 뒤를 돌아보지는 않았다. 그는 눈을 들어 하늘을 한번 올려다보았을 뿐이다.

그녀의 말소리는 더 이상 들리지 않았다.

청효자는 씁쓸하게 웃으면서 고개를 살짝 흔들었다.

"역시… 기분이 좋지는 않구려."

말과 함께 청효자가 정면을 똑바로 응시했다.

가슴까지 길게 내려온 수염이 너무나도 탐스러운 노인이 거기 서 있었다.

넷의 셋

　허민오가 검문산의 정상에 도착한 시각은 대략 술시(戌時:오후 7시부터 9시까지)가 조금 지나서였다.

　하늘에는 창백한 보름달 하나가 떠 있었다.

　그리고 잠시 동안 허민오를 물끄러미 쳐다보던 청효자가 움직였다.

　허민오는 자신에게 똑바로 걸어오는 청효자에겐 눈길조차 주지 않고 '그녀'를 쳐다보고 있었다.

　그녀는 저 멀리 땅바닥에 머리가 잘린 채 쓰러져 있었다.

　허민오의 눈에 핏발이 곤두섰다.

　그는 마치 반쯤은 넋이 나간 사람처럼 그 자리에 우두커니 서 있었다.

　그런 허민오의 팔을 뿌리치는 것은 생각보다 쉬웠다.

　"사부님! 흐엉!"

　허민오의 가슴에 안겨 있던 사내아이가 청효자에게 달려갔다.

　그러나 허민오는 아무것도 느끼지 못하는 듯했다. 다만 본능적으로 하나뿐인 주먹을 으스러져라 움켜쥐었다.

　"흐어어어엉!"

청효자는 자신의 다리를 붙잡고 울음을 터뜨리는 사내아이를 가슴에 안고 허민오를 쳐다보았다.

그제야 허민오도 청효자에게 눈길을 주었다.

청효자는 사내아이의 등을 두드리고 있었다. 그리고 그는 무언가 할 말이라도 있는 듯 입을 열었다.

하지만 청효자는 아무런 말도 하지 않았다.

허민오도 마찬가지다.

청효자가 허민오를 스쳐 지나갔다.

허민오가 옆을 돌아보았다.

청효자의 가슴에 안겨 있는 사내아이가 또랑또랑한 눈으로 이쪽을 쳐다보고 있었다.

사내아이는 허민오와 눈이 마주치자 놀란 자라 새끼마냥 목을 움츠리고 청효자의 가슴으로 파고들었다.

그렇게 두 사람이 떠나간다.

덩그러니 홀로 남은 허민오는 목이 잘린 그녀의 시체를 보면서 힘없이 주저앉았다.

허민오의 눈에는 눈물이 고였다.

*   *   *

7월 16일 아침.

꿈틀.

문득 그녀의 등짝이 미세하게 움직였다.

잠 한숨 안 자고 그녀의 시체를 마냥 지켜보던 허민오가 눈을 크게 떴다.

처음엔 착각이라고 생각했다.

그러나 다시 한 번 그녀의 몸뚱이가 크게 꿈틀거리는 모습을 보았을 땐 허민오는 부들부들 떨었다.

착각이 아니다.

머리가 없는 그녀의 몸뚱이가 움직이기 시작했다.

몸뚱이는 머리를 향해 엉금엉금 기어갔다. 그리고 몸뚱이는 머리를 주워 들고 자신의 목 위에 올려놓았다. 싯누런 액체가 목 주위로 흘러내리면서 그녀의 머리는 다시 붙었다.

허민오는 자신의 눈과 귀를 의심해야만 했다.

돌아선 그녀가 쌩긋 웃는다.

"할.아.버.지."

혜림이 떠듬떠듬 말했다.

설마 이런 일이……?

그녀는 완전한 괴물이 되었다. 그렇다면 그녀는 말은커녕 얼굴의 근육조차 제대로 움직이지 못해야 한다.

하지만 지금 그녀는 말을 하고 있다.

쌩긋이 웃기까지 한다.

허민오는 눈물이 왈칵 쏟아지는 걸 억지로 참았다.

"혜.림.이.가. 어.떻.게. 이.런. 모습이 된 건지 알려줄까?"

떠듬거리는 혜림의 말이 정상적으로 돌아왔다.

허민오는 가슴이 터질 듯했다.

입을 열면 어린아이처럼 울음을 터뜨릴 것 같아서 허민오는 고개만 끄덕였다.

혜림이 배시시 웃는다.

"헤에, 싫어! 비밀이야!"

지금 그녀의 모습은 허민오와 처음 만났을 때와 똑같았다.

한없이 괴물에 가깝지만 그렇다고 괴물이라고 꼭 꼬집어 말할 수 없는 그런 상태 말이다.

하지만 어째서……?

왜 이렇게 변한 건지 허민오도 자세한 건 알지 못했다.

다만 한 가지, 그녀의 몸속에 있던 고루노괴가 만들어낸 약물과 연관있다고 막연히 느끼고 있었다. 그 고약한 냄새를 풍기는 약물이 그녀의 몸속에서 하는 일은 신체의 모든 기능을 아주 서서히 죽이는 것이다.

그녀의 몸속에 있던 약물은 거의 절반쯤은 빠져나갔다.

말하자면 그 약물이 빠져나감과 동시에 그동안 죽어 지내던 그녀의 몸뚱이가 조금, 아주 조금 살아난 것이다.

하나 그뿐이다.

허민오는 느낄 수 있었다.

'이 아이는 곧 죽는다!'

지금 그녀의 상태는 보통 사람으로 말하자면 피가 절반이 넘게 빠져나간 것과 동일했다.

사람의 피가 그 정도로 빠져나갔다면 틀림없이 죽는다.

그녀도 자신이 곧 죽는다는 것을 막연히 느낀 모양이다. 그녀의 말이 조금 빨라졌다.

"할아버지, 우리 기련산이라는 곳에 꼭 가자. 알았지?"

허민오는 어금니를 꽉 깨물고 고개를 끄덕였다.

"약속한 거다. 자, 혜림이 손가락."

그녀가 새끼손가락을 내밀었다.

고개를 끄덕인 허민오가 그녀의 작은 새끼손가락에 자신의 주름진 손가락을 걸었다.

혜림은 두어 번인가 눈을 깜빡거렸다. 그리고 그녀가 배시시 웃으면서 말했다.

"헤에, 방금 전에 만난 엄마가 또 그랬다. 있잖아, 약속은 꼭 지켜야 한대. 안 그러면 나쁜 사람이 와서 잡아간다고 그랬어."

여기는 그녀와 허민오뿐이었다.

그녀의 엄마가 여기에 나타날 턱이 없었다. 아마 백일몽(白日夢)이라도 꾼 모양이다. 하지만 눈을 깜빡이며 그렇게 말하는 그녀의 모습이 너무나도 귀여웠다.

그래서 허민오는 그녀의 머리를 거칠게 쓰다듬어 주었다.

또 그녀는 이렇게 물었다.

"기련산에 가면 혜림이는 예뻐질 수 있는 거지?"

허민오는 대답할 수가 없었다.

그녀가 어린아이처럼 보챘다.

"마, 말해…… 부, 부탁……."

하지만 그녀는 말을 끝내지 못했다.

끝내고 싶어도 끝낼 수가 없었던 것이다.

그녀의 목에 커다란 금이 하나 생겼다. 조금 뒤에는 금이 쩍 갈라지면서 그녀의 머리가 옆으로 툭 굴러 떨어졌다. 그리고 발 밑에 나뒹구는 그녀의 얼굴은 환하게 웃고 있었다.

허민오가 떨리는 손으로 그녀의 머리를 주웠다.

그는 그 작은 머리를 부둥켜안고 참았던 울음을 터뜨렸다.

허민오를 지켜보는 사람이 있었다.

당가의 잔당들을 물리치고 달려온 노백이었다.

노백은 허민오가 울음을 그칠 때까지 기다렸다.

한참 후……

멍하니 앉아 있는 허민오의 등 뒤에서 노백은 그의 어깨를 몇 번 두드렸다.

허민오가 고개를 돌렸다.

너무 울어버린 탓에 허민오의 눈두덩은 퉁퉁 부었고 게다가 시뻘겋게 충혈까지 되어 있었다.

노백이 천천히 말했다.

"돌아가자."

*　　　　*　　　　*

7월 16일 낮. 귀빈거(貴賓居)의 한 객실.

"그 아이가 부럽네요."

"……?"

"그렇잖아요."

"음……?"

"노인은 아마 평생 이 아이 곁에서 떨어지지 않을 거예요. 그렇죠?"

"……."

"과연 내가 죽어도 노인처럼 내 옆에 있어줄 사람이 있을까요? 워낙 나쁜 짓을 많이 한 계집이라서……."

"노백이 계시지 않소?"

"아마 그 사람은 그렇게 오래 살지 못할 거예요."

"허허, 사람 일이란 게 생각처럼 되는 것은 아니라오."

"그런가요? 그보다 그 아이를 그렇게 데려가실 건가요? 사람들의 눈에 띄면 좀 그럴 텐데……."

"어쩔 수 없지 않소?"

"방문 밖에 있는 건 내가 주는 거예요. 가져가세요."

자꾸만 떨어지는 '머리'를 붙들어두기 위해 그녀의 목에 무명 천을 친친 감고 있을 때 객실 안에 들어온 앵무는 그렇게 말하고 돌아섰다.

앵무의 '선물'은 자그마한 관(棺)이었다.

허민오는 복도 저편으로 멀어지는 앵무의 뒷등을 향해 고개를 살짝 숙였다.

죽은 '그녀'를 관 속에 밀어 넣고 관 뚜껑을 닫았을 때 허민오는 누군가 자신을 쳐다보는 듯한 시선을 느꼈다.

허민오가 그쪽으로 돌아보았다.

방문 밖에는 큼지막한 바퀴가 양쪽에 달려 있는 의자에 앉아 있는 한비가 있었다.

"안녕하십니까?"

의자 뒤쪽에 서 있는 팽운상이 말했다.

허민오는 의자에 앉아 있는 한비에게서 시선을 떼고 그녀를 쳐다보왔다.

"둘이서 어디 좋은 데라도 가는 겐가?"

"……."

팽운상은 수줍은 듯이 얼굴을 붉혔다.

허민오는 빙긋이 웃으면서 다시 한비를 바라보았다.

"부럽구먼."

"……."

"그래, 자네는 이제 어쩔 생각인가?"

"당분간은 여기서 지내면서 죽은 부하들의 넋이나 달래주어야겠지요."

"부하들의 일은 미안하게 됐네. 이 아이 때문에……."

"…좋은 날씨군요."

"정말 그렇구먼."

한비의 눈길을 따라 등 뒤에 있는 창문 쪽으로 고개를 돌린 허민오가 미소를 지었다.

한비도 그를 따라 웃었다.

허민오는 관을 들고 귀빈거의 뒷문으로 나왔다.

좁은 골목으로 들어선 허민오를 기다리고 있는 사람은 노백이었다.

노백은 말없이 허민오를 배웅했다.

골목이 끝나고 큰길이 나타났을 때 허민오가 노백을 돌아보고 말했다.

"하나만 물어봐도 되겠소?"

"……."

"그 사내아이는?"

"사부와 함께 청성산으로 들어간다고 하더군."

"노백과는 언젠가 다시 만나겠군요."

"그렇겠지. 그때쯤이면 그 아이는 상상도 못할 고수가 되어 있을 것이다. 아마 난 그 아이 손에 죽을지도 모른다."

"하아……."

허민오는 가슴이 무거워졌다.

하나 쏟아버린 물을 주워 담을 수는 없는 노릇이고 이젠 자신과 상관없는 일이란 생각이 들었다.

어디까지나 당사자들이 해결해야 하는 일…….

"부탁을 해도 되겠소?"

"듣겠다."

"몇 년 후에 노백께서 그 아이와 만나면 이 늙은이가 진심으로 사과한다고 전해주시오."

"알겠다."

"고맙소이다."

"나도 하나만 묻고 싶은 게 있다."

"무엇이오?"

"기련산에 가는 진짜 이유는?"

"이 아이와 약속했기 때문이오."

"이미 죽었다."

"그렇지요."

"난 잘 모르겠군. 하지만 당신 표정을 보니 무언가를 감추고 있는 것도 같은데……."

노백은 약간 미심쩍은 눈으로 허민오를 쳐다보았다.

그렇지만 허민오는 아무런 대꾸 없이 희미하게 웃을 뿐이다.

노백은 두어 번인가 머뭇거리다가 품 안에서 주머니 하나를 꺼내서 던졌다.

허민오의 발 밑에 떨어진 그것은 제법 묵직해 보였다.

노백은 '이것이 무엇이냐' 고 묻듯이 자신을 쳐다보는 허민오에게 '노자에 보태 써라' 고 말했다.

허민오는 주머니를 주워 들었다.

넷의 넷

기련산으로 떠나기 전에 허민오는 고루노괴의 오두막에 들렀다.

'그녀' 를 처음 만난 곳 말이다.

육 년 전에는 자신의 손자 녀석이 죽었던 곳…….

허민오는 오두막의 여닫이문을 앞에 두고 잠시 동안 생각에 잠겼다.

참 이상했다.

그녀와 함께 이곳을 떠나면서 허민오는 두 번 다시 이곳을 찾을 일은 없다고 생각했다. 한데 막상 사천 땅을 떠나려고 마음먹었더니 생각나는 것은 이 오두막뿐이었다.

삐걱.

허민오는 여닫이문을 살며시 밀었다.

그러나 안으로 들어가지는 않았다. 그는 문밖에서 오두막의 실내를 가만히 응시하고 있었다.

그리 좋지 않은 기억들이 하나둘씩 떠올랐다.

썩어가는 시체를 만지작거리다 잠이 들고 깨어나면 다시 시체를 만지고 고약한 악취가 나는 약물을 만들던 그런 일들 말이다.

그중에서도 가장 뚜렷이 기억에 남는 것은 아무래도 고루노괴와 대판 싸우고 헤어질 때였다.

*   *   *

사부가 죽고 두 사람은 열심히 시체를 만졌다.

때로는 사부가 남겨준 책자대로 살아 있는 사람을 죽이면서까지 그들은 괴물을 만들어내는 일에 온 심혈을 기울였다.

그런데 일 년이 지나고 이 년, 그리고 삼 년이 되어도 두 사람은 실패만 거듭했다.

허민오는 지쳐 갔다.

사부가 남겨준 책자대로만 하면 얼마 후엔 반드시 성공할 것 같았다.

하지만 결과는 언제나 실패.

화가 무지 났다.

만약 그때, 바로 옆에 사부가 남겨준 책자가 없었다면 허민오는 사부의 이론이 잘못된 거라고 생각하지는 않았을 것이다. 하물며 그 책자를 찢어버리는 일 또한 없었을 텐데……

아니, 그건 아니다.

훨씬 오래전부터 허민오는 사부가 남겨준 책자에 있는 이론이 잘못되었다고 생각은 하고 있었다. 단지 자신의 입으로 말을 꺼내지 못했을 뿐이다.

고루노괴는 허민오와 생각이 조금 달랐다.

그는 사부의 이론은 완벽하다고 믿었고 다만 자신들이 만드는 약물이 잘못된 것이라고 생각했던 것이다.

고루노괴에게 있어서 사부의 말은 그야말로 '거역할 수 없는 신탁'이었다.

사부의 유품인 책자는 자신의 생명처럼 아끼는 보물이었다.

그런데 그 소중한 책자를 망할 놈의 사제가 찢어버렸다.

고루노괴의 분노는 이루 말할 수가 없었다. 그는 허민오를 때려 죽일 듯이 달려들었다.

두 사람은 그렇게 헤어졌다.

그리고 허민오가 고루노괴를 다시 만난 것은 삼십칠 년이 지난 후, 그러니까 육 년 전이었다.

*　　　*　　　*

삐걱— 탁!

허민오는 여닫이문을 닫았다.

더 이상 오두막의 실내는 보이지 않았다.

"하아……."

허민오가 긴 한숨을 내쉬었다.

지금 생각해 보면 별것 아닌 일이었다.

고루노괴와 자신이 헤어진 직접적인 원인이 된 것은 '사부가 남겨준 책자' 때문이었다. 하지만 사실은 단순히 두 사람이 가지고 있는 생각의 차이였을 뿐이다.

허민오가 하늘을 올려다보았다.

아까까지만 해도 맑았던 하늘에는 소나기라도 쏟아지려는지 먹구름이 잔뜩 끼어 있었다.

그러고 보니 벌써 장마철이다.

오두막이 있는 야산을 내려온 허민오가 찾아간 곳은 저잣거리였다.

얼마 후 허민오는 가판(街販)을 내려다보고 있었다.

가판 위에는 여러 가지 물건들이 올려져 있었다.

가장 먼저 눈에 띈 것은 보통 여인들이 옷에 달고 다니는 노리개들이었다. 그리고 면경(面鏡)과 빗이 가판 위에 가지런히 놓여 있었다.

그 외 여러 가지 물건들……

예쁘장한 물건은 많았지만 허민오가 관심을 가진 것은 갓난애들이나 가지고 노는 방울이었다.

흔들면 아주 맑은 소리가 나는……

제25장

할아버지는 나를 '양기(陽氣)가 가득한 땅'에 묻었다

셋의 하나

9월 17일 아침.

흙은 피처럼 붉은색을 띠고 있었다.

괴이한 장소다.

주변의 경치는 여타 산들과 비교해 보아도 별반 다르지 않았다. 다만 그 분지의 흙 색깔만이 기이할 정도로 불그스름했다.

나무도 없다.

풀 한 포기 자라나지 않는다.

숲이 우거진 기련산의 한쪽 끝에 이렇게 황량하기 이를 데 없는 붉은 땅덩어리가 십여 장이나 뻗어 있는 모습은 을씨년스럽기까지 했다.

피처럼 붉은 대지.

언제부터인가 그곳에는 노인 한 명이 쭈그리고 앉아 있었다.

가슴까지 내려온 그 노인의 수염은 너무나도 탐스러워 보여서 한번

쯤 만져 보고 싶은 생각이 들게 하기에 충분했다.

노인은 바로 허민오였다.

허민오는 하나뿐인 손으로 열심히 땅을 파고 있었다.

붉은 흙은 이상하리만치 부드러웠다. 그리고 깊이 파고들수록 따뜻해지고 있었다.

허민오의 손은 땅의 색깔처럼 점점 붉어지고 있었다.

대략 두 시진이 흐르고…

허민오가 허리를 쭉 폈다. 너무 오랫동안 쭈그리고 앉아 있어서 그런지 허리에선 뼈마디가 부러지는 듯한 소리가 났다.

허민오는 허리를 몇 번 두들기고 뒤로 돌아섰다. 그리고 그의 두 눈에 뿌연 습막이 피어올랐다.

관 하나.

조그만 관이다.

허민오는 서너 걸음 떨어진 곳에 있는 관 앞으로 가더니 관 뚜껑을 잡았다.

끼이익—

관이 열렸다.

'그녀'는 달라진 게 없었다. 처음 이 관에 넣었을 때처럼 목에 무명천을 친친 감고 반듯하게 누워 있었다. 그리고…….

허민오가 품속을 더듬었다.

잠시 후 허민오의 손에는 기름종이에 싸여 있는 어린아이 주먹만한 물체가 들려 있었다.

허민오는 조심스레 기름종이를 벗겨냈다. 그러자 산삼(山蔘)을 닮은 풀뿌리 하나가 나타났다.

아주 요상하게 생긴 풀뿌리였다.

삼(蔘)이란 게 대개 그렇듯이 그 풀뿌리도 인간의 모습을 하고 있었다. 다만 다른 점이 있다면 그것은 벌거벗은 여인의 모습과 너무나도 흡사했다.

허민오는 이 요상하게 생긴 풀뿌리를 얻기 위해 구 일 동안이나 산을 헤매고 다녔다.

허민오가 약초를 관 속으로 던져 넣었다. 그리고 그는 마치 지나가는 듯한 말투로 이렇게 작게 중얼거렸다.

"백 일… 백 일만 참고 있거라."

셋의 둘

계절은 가을을 지나 겨울로 접어들었다.

작년 겨울도 추웠지만 올 겨울은 유난히 더 추운 것만 같다.

특히 오늘은 눈이라도 내리려는지 날씨도 우중충하고 바람도 엄청 심하게 불었다.

그런 날 사냥을 한다는 것은 역시 무리가 있었다.

사냥꾼 마씨(馬氏)는 오늘 하루 종일 기련산을 돌아다녔지만 겨우 토끼 새끼 세 마리를 잡았을 뿐이다. 하지만 사냥을 그만둘 수는 없었다.

원단이 바로 내일모레인데…….

이제 일곱 살배기인 아들놈은 들뜬 마음으로 마씨가 선물을 사 오길 기다리고 있을 것이다.

좀 더 간단히 말해서 돈이 필요하다.

하지만 토끼 세 마리를 가져가 봤자 돈이 되질 않는다.

어떻게 해서든지 돈이 될 수 있는 사냥감을 찾아야만 했다.

사냥꾼 마씨가 사슴의 종적을 발견한 것은 해가 서산으로 뉘엿뉘엿 기울어가고 있을 무렵이었다.

마씨는 낮게 뻗은 나뭇가지에 걸려 있는 하나의 작은 털을 집어 들었다.

노린내가 심하게 나는 하얀 털이었다.

마씨의 눈이 달라졌다.

그는 서둘러 땅을 살폈다. 달리 특이한 점은 발견되지 않았기 때문에 마씨는 금세 실망스런 표정이 되었다.

마씨는 고개를 세차게 흔들었다.

다른 건 몰라도 이런 털이 나뭇가지에 붙어 있다는 것은 분명히 동물이 이곳을 지나갔다는 뜻이다.

마씨는 다시 한 번 눈을 크게 뜨고 땅을 살펴보고 나서야 나무 밑에 자라난 풀잎에 희미하게 무언가에 밟힌 듯한 흔적이 있다는 것을 알아차렸다.

마씨는 조금 더 옆을 살펴보았다.

그리고 그의 눈에 들어오는 발자국 하나.

순간 마씨는 환호성이라도 지르고 싶은 걸 꾹 참았다.

'수사슴이다!'

발자국만으로도 알 수 있었다.

암놈의 발자국은 대개가 이것보다 작다. 그리고 이렇게 발자국 뒤가 눌린다는 것은 무게가 제법 많이 나간다는 것이다. 사슴은 암놈보다 수놈이 무겁다.

확신이 들자 사냥꾼 마씨의 입은 거의 귀에 걸렸다.

마씨는 이 수사슴을 잡으려고 결심했다.

사슴이란 동물은 버릴 것이 전혀 없다. 뿔은 약재 중에서도 최상으로 취급되고, 가죽은 독을 막아주는 효능이 있고, 피는 생으로 먹고, 그 고기는 육질이 연해서 많은 미식가(美食家)들이 찾는다.

이놈만 잡는다면……

아들놈의 선물을 사줄 수 있을 것이다.

사냥꾼 마씨는 발 밑에 떨어져 있는 나뭇가지를 들어 바닥에 그림 하나를 그렸다.

둥근 원 안에 열십 자가 들어간 그림이었다.

그리고는 손가락에 침을 묻혀 허공에 세웠다.

바람의 방향을 우선 알아야 했다.

지금 자신이 입고 있는 옷은 '짐승의 가죽'을 엮어서 만들었기 때문에 제법 심한 냄새가 난다. 이 냄새를 사슴이 알아차리지 못하게 만들려면 바람을 안고 움직일 수밖에 없는 것이다.

마씨는 그림을 힐끔 내려다보았다.

바람은 남서쪽에서 북동쪽으로 불고 있었다.

사냥꾼 마씨는 바람의 방향을 몇 번이나 파악한 뒤에 몸을 일으켰다.

사슴의 발자국을 다시 발견한 것은 고개 하나를 거의 다 넘고 난 후였다.

마씨는 눈을 살짝 찌푸렸다.

그는 눈앞에 있는 조금 색다른 지형을 살펴보았다. 오른쪽에는 이름도 알 수 없는 잡목들이 줄 지어 서 있었고 왼쪽에는 보기에도 험한 바위산이 있었다.

사냥을 업(業)으로 삼은 지도 벌써 십오 년이다. 그 세월만큼의 경험이 지금 그에게 위험을 알리고 있었다.

이런 지형은 습격하기 좋은 곳이다.

만약 호랑이나 곰 같은 짐승이 마씨의 기척을 알아차리고 바위 뒤에서 납작 엎드린 채 기다리고 있다면?

생각만 해도 모골이 송연해진다.

웬만한 사냥꾼들은 이쯤에서 사냥을 포기하고 돌아간다. 겨우 사슴한 마리 때문에 자신의 목숨을 잃고 싶지는 않을 테니까.

만약 자신이 쫓아온 사슴의 발자국이 잡목들이 줄 지어 서 있는 곳으로 이어지지 않았다면 마씨도 아마 체념을 하고 돌아섰을 것이다. 그리고 그 발자국은 잡목들과 가까워지면 가까워질수록 선명해지고 있었다.

발자국이 주는 유혹은 너무나도 컸다.

문득 집에서 자신을 기다리고 있을 아들놈이 생각났다.

"그래, 지금 집에는 내가 사다 줄 선물을 기다리는 아들놈이 있다!"

사냥꾼 마씨는 두 주먹을 움켜쥐고 잡목 숲을 노려보았다.

한데 이상했다.

선물을 받고 기뻐할 아들놈의 얼굴을 생각하자 기이한 힘이 불끈 솟아났다. 그리고 사냥꾼만이 가진 자존심이 되살아났다.

사람이, 그것도 사냥을 업으로 삼고 살아온 자신이 한낱 미물이 두려워 여기서 사냥감을 포기하고 돌아선다는 것은 있을 수도 없는 일이었다.

하지만 온몸이 조금씩 떨리는 것만은 어쩔 수 없었다.

한 발 앞으로 내디딘 마씨는 느릿하게 잡목들을 향해 다가가기 시작했다.

잡목 숲을 헤치고 나온 마씨를 기다린 것은 피처럼 붉은색을 띠고 있는 땅덩어리였다.

이때 마씨는 그야말로 넋이 반쯤 나가 있었다.

너무 긴장한 나머지 어떻게 잡목 숲을 빠져나온 건지 기억도 제대로 나지 않았다. 온몸이 땀으로 뒤범벅되었다는 사실도 잊고 있었다.

이미 만반의 준비를 하고 있었다.

하지만 그를 기다리고 있는 것은 그저 붉은 땅덩어리였다.

허탈하기까지 했다.

그대로 주저앉은 마씨는 조금 시간이 지나서야 마음을 진정시켰다.

그제야 마씨는 주위를 살필 수가 있었다.

정말이지, 이상한 느낌을 주는 곳이다.

기련산을 제 집 드나들 듯하는 사냥꾼 마씨지만 이런 괴이한 분지는 생전 처음 보았다. 그리고……

사냥꾼 마씨가 다시 불그스름한 땅 쪽으로 시선을 주었을 때 그는 벌판의 끝에 가만히 서 있는 노인을 볼 수 있었다.

"이곳에 사람이라니…… 어서 오시게나."

그 노인은 차분하게 말하면서 마씨를 향해 한 걸음 다가왔다.

딸랑.

마씨는 그때 아주 가까이에서 가볍게 흔들어대는 듯한 방울 소리를 들었다.

사람의 혼백(魂魄)을 앗아갈 듯한 괴이한 방울 소리였다.

마씨가 재빨리 옆을 돌아보았다.

주위에는 아무것도 없었다.

그리고 마씨의 어깨를 두들기는 손 하나.

"뭐 하는가?"

"……!"

마씨는 정신이 번쩍 들었다.

서둘러 목소리가 들린 곳을 돌아보았을 때 그는 그만 멍청해지고 말았다. 조금 전까지 벌판 끝에 서 있던 노인이 지금은 바로 눈앞에 있는 것이 아닌가?

마씨가 물었다.

"다, 당신은 귀, 귀신이오?"

"허허, 내가 귀신처럼 보이는가?"

노인은 빙그레 웃었다.

마씨는 노인을 이리저리 살펴보다가 하늘을 올려다보았다.

아직 해가 떨어지지 않았다. 듣기로는 귀신이나 요마(妖魔)는 밤에만 나타난다고 하니 이 노인이 귀신일 리는 없다.

마씨는 뒷머리를 긁적이며 대꾸했다.

"그런 게 아니라……."

멋쩍은 듯이 웃는 마씨를 보며 노인도 따라 웃었다. 그리고 노인이 느릿하게 입을 열었다.

"귀신이라… 그 말을 들으니 하나 생각나는 게 있네. 자네는 혹시 강시(殭屍)라는 괴물에 대해 알고 있나?"

"……?"

"왜 그렇게 보는가? 내 얼굴에 뭐라도 묻었나?"

"아니, 그런 게 아니라……."

마씨가 고개를 흔들며 얼버무렸다.

"물론 알고 있습니다. 죽었던 사람이 다시 살아났을 때 그렇게 부르지요."

"허허, 잘 알고 있구면."

"한데 그건 왜 묻습니까?"

"이건 아주 만약인데 말이네… 그 괴물이 여기에 묻혀 있다면 믿겠나?"

노인이 손으로 가리킨 것은 발 밑에 있는 흙더미였다.

그 흙더미를 가만히 쳐다보니 무덤처럼 생기긴 했다. 하지만 옛날이 야기에나 나오는 그 강시라니…….

사냥꾼 마씨는 '별 미친 개소리를 다 듣는다' 는 듯이 인상을 잔뜩 썼다.

그때였다.

마씨는 혼백을 빼앗아갈 듯한 방울 소리를 다시 들었다. 이번에는 아주 멀리서 들려오는 듯했다. 그리고 잔뜩 인상을 쓰고 있던 마씨의 표정이 스르르 풀렸다.

그 모습을 보면서 노인이 희미하게 웃었다.

"하긴 자네도 사람인데 보지 않은 걸 믿을 수는 없겠지. 그저 늙은 이의 헛소리라고 생각하시게나. 너무 무료해서……."

노인은 고개를 들어 하늘을 올려다보았다.

그 모습이 왠지 쓸쓸하고 처량해 보인 탓인지 마씨가 이렇게 말했다.

"제 아들놈은 옛날이야기를 아주 좋아합니다."

노인이 두 눈을 빛내며 마씨를 쳐다보았다.

"아, 아들이 있나?"

"제 나이가 서른입니다. 없을 리가 없지요."

"몇 살인가?"

"이제 겨우 일곱 살입니다만… 무슨 문제라도?"

"아무것도 아닐세."

노인이 머리를 흔들었다.

그러나 그때부터 노인의 행동이 좀 이상해졌다.

마씨의 얼굴을 빤히 쳐다보고 무언가 할 말이 있는 사람처럼 입술을 달싹거리는가 하면 하늘을 올려다보면서 아주 긴 한숨을 토해내기도 했다.

노인이 다시 말을 꺼낸 것은 제법 시간이 흐른 뒤였다.

"옛날이야기라… 그래, 그렇게 생각해 주고 이 늙은이의 이야기를 들어주시겠나?"

"그럽시다, 까짓거. 사슴을 놓쳐서 이젠 할 일도 없는데."

마씨가 고개를 끄덕였다.

아마 이 노인은 오랫동안 사람들과 접촉이 없었기 때문에 많은 이야기를 나누고 싶은 모양이다.

"어디서부터 이야기를 해야 할까?"

"글쎄요?"

"그래, 일단은 서로가 누구인지부터 말해야겠구먼. 모르는 사람과 오래 대화를 한다는 것도 예의가 아니니까. 난 허가(許哥)라는 사람일세."

노인이 남아 있는 손 하나를 가슴 앞에 세우고 고개를 숙였다.

마씨도 얼른 두 주먹을 가지런히 모으고 허리를 깊숙이 구부렸다.

"마을 사람들이 사냥꾼 마씨라고 부르는 놈입니다."

"사냥꾼이라… 반갑네. 그럼 내가 옛날이야기를 시작해야겠지? 잘 듣고 집에 가서 어린 아들에게 들려주시게나."

"네."

"옛날 옛적에 한 사람이 살고 있었다네. 그 사람은 좀 이상한 사람이었어. 매일 죽은 사람들만 만지고 그 시체들을 다시 살리는 방법을 연구하던 사람이었지."

"허, 완전히 미친 사람이군요. 죽은 사람을 다시 살리다니."

"아니, 그렇지도 않았다네."

"흐음? 노인장께서는 꼭 그 사람을 본 것처럼 말씀하시는군요."

마씨는 이상하다는 듯이 고개를 한번 갸웃거렸다. 하나 노인은 빙긋이 웃을 뿐이다.

"어쨌든 이야기를 더 하겠네."

"네."

"그 사람에겐 두 명의 제자가 있었다네. 그들 세 사람은 참 많은 곳을 여행하면서 다양한 자료들을 수집했네. 하지만 사부가 그만 풍토병(風土病)에 걸려서 죽고 만 거야."

"저런, 그래서요?"

"단둘만 살아남은 제자들은 이제껏 그 사부라는 사람이 매일 시체를 만지는 걸 보았기 때문인지 그 두 제자도 그 사람과 비슷한 생각을 하게 되었지. 죽은 사람을 다시 살려낸다는 말도 안 되는 헛소리를 믿었던 거라네."

그 노인은 마치 자신이 살아온 인생살이를 들려주는 것처럼 담담하게 이야기를 계속해 나갔다.

"사부는 자신의 연구를 기록한 책자를 하나 남겼어. 바로 그 책자가 이번에 내가 자네에게 들려주는 이야기 속에 일어나는 모든 불행의 원흉이지. 바로 이 아이가 이렇게 되어버린 계기이기도 하고."

노인은 무덤을 한번 힐끔 내려다보았다.

사냥꾼 마씨는 고개를 갸웃거렸다.

정말로 이 무덤 속에는 그 괴물이 잠들어 있단 말인가?

에이, 설마……

사냥꾼 마씨는 이때까지도 노인의 이야기가 한낱 만들어낸 이야기라고 생각하고 있었다. 그러나……

셋의 셋

깊은 밤.

눈이 내린다.

조금씩 흩날리기 시작한 싸라기눈은 어느새 주먹만한 함박눈이 되었다. 세상이 온통 새하얗게 변하는 데는 얼마 걸리지 않았다.

하나 그 붉은 땅덩어리만큼은 눈이 쌓이지 않는다.

땅 밑에서부터 기어 올라오는 열 때문에 눈은 금세 녹아버린 것이다.

붉은 땅덩어리를 제외한 모든 것이 새하얗게 변하는 그 시각,

문득 잡목 숲에서 환한 불빛이 새어 나왔다. 그리고 횃불을 들고 있는 사냥꾼 마씨가 숲 속에서 나타났다.

마씨는 무덤 앞으로 터벅터벅 걸어왔다.

그리고는 무덤을 가만히 내려다보았다. 그는 아직까지 자신에게 이야기를 들려주던 그 노인의 마지막 말을 잊을 수가 없었다.

"이제 얼마 안 남았네. 사부의 이론이 정확하다면 그 아이는 이 무덤 속에서 다시 걸어나올 거라네. 어쩌면 '예뻐지고 싶다' 는 그 아이의 작은 소망이 이루어질 수도 있다는 말이지. 그래… 반드시 그렇게 될 것이라네. 그 아이가 사람으로 되돌아간다는 말일세. 허허……."

노인은 그렇게 중얼거리면서 돌아섰다.

잡목 숲을 빠져나가는 노인의 뒷모습을 쳐다보고 있자 마씨는 왠지 이상야릇한 기분에 사로잡혔다. 한바탕 꿈이라도 꾼 것처럼 정신이 몽롱했다.

아, 하고 정신을 차리고 잡목 숲 쪽으로 고개를 돌렸을 땐 노인은 이미 사라지고 없었다.

마씨는 서둘러 노인을 따라 잡목 숲 안으로 들어갔다. 하지만 노인은 흔적조차 찾아볼 수 없었다.

그 뒤 마씨는 몇 번이나 잡목 숲 주위를 맴돌았다.

노인을 찾기 위해서였다. 그 노인의 이야기가 사실인지 아닌지 궁금해서 도저히 견딜 수가 없었던 것이다. 하지만 노인은 모습을 드러내지 않았다.

딸랑…….

세 번째 방울 소리가 들린 것은 밤이 되고 하늘에서 눈발이 하나둘씩 흩날릴 때쯤이다.

마씨는 이때 그 노인을 찾다 지친 나머지 나무에 기대앉아 쉬고 있었다.

그리고 해서는 안 되는 '이런 생각'이 떠올랐다.

무덤을 파보면 된다!

만약에 그 노인의 이야기가 사실이라면 무덤 속에 있는 것은 사람의 시체가 아니라 그 괴물일 것이 아닌가?

그래, 무덤을 파보자. 그 노인의 말이 거짓이라도 부장품인 금붙이 따위를 발견하게 될지도 모르는 일이다. 그리고 보니 아들놈에게 사줄 선물을 잊고 있었구나.

땅에 박아 넣은 횃불이 꺼질 것 같은 걸 보니 시간도 꽤 흐른 모양이다.

"아……!"

마씨의 눈이 빛났다.

무언가 딱딱한 널빤지 같은 것이 손끝에 느껴졌다.

주먹을 쥐고 두들기자 퉁퉁 소리를 내는 것으로 보아 나무로 만들어진 관이 틀림없었다.

사냥꾼 마씨가 관을 꺼낸 것은 시간이 조금 흐른 뒤였다.

덜컹!

마씨는 관을 똑바로 세우고 관 뚜껑을 뜯어내듯이 열었다.

툭.

무언가 관 안에서부터 떨어져 나왔다. 마씨는 소스라치게 놀라면서 발 밑을 쳐다보았다.

"휴우……."

마씨는 안도의 한숨을 내쉬었다.

다 말라비틀어진 풀뿌리가 그의 발 근처에 떨어져 있었던 것이다.

마씨는 발끝으로 그것을 툭 걷어찼다.

그런데 무슨 생각이 떠올랐는지 마씨는 제법 멀리 차낸 풀뿌리를 다시 주워 들었다.

"이게 그 노인이 말했던 약초구나."

마씨는 그 풀뿌리를 이리저리 살펴보기도 하고 냄새도 킁킁 맡았다.

그 순간 마씨는 눈살을 크게 찌푸렸다. 말라비틀어진 약초에서 나는 쓰디쓴 냄새는 견디기 힘들었다.

화가 난 마씨는 약초를 버리려고 했다. 하나 그는 금세 생각을 바꾸고 관 속을 보았다. 노인의 말이 사실이라면 이 약초의 값어치는 상당할 것이기 때문이다.

관을 세워놓았기 때문에 그녀도 반듯하게 서 있었다.

그녀의 모습은 완전히 달라져 있었다.

얼굴의 절반이 썩어 살점들이 흘러내렸다. 흘러내리는 살점 밑으로 나타나는 시커멓게 변해 버린 뼈를 보고 있노라면 묘한 감정에 휩싸인다.

그리고 살이 썩어 들어가는 고약한 냄새 때문에 구역질이 치밀어 올랐다.

마씨는 고개를 갸웃거렸다.

노인의 이야기와는 전혀 다른 모습이었다.

"이런, 속았군."

마씨는 허탈하게 피식 웃으면서 등을 돌려 걸어갔다.

양 어깨가 축 늘어진 모습이 자기 딴에는 꽤나 크게 실망을 한 것 같았다.

딸랑······.

때마침 네 번째 방울 소리가 바람을 타고 흘러왔다.

사냥꾼 마씨는 걸음을 딱 멈추고 손에 들고 있는 약초를 내려다보았다.

"정말일까?"

마씨는 약초와 그녀를 번갈아가며 쳐다보았다.

노인의 이야기에 따르면 이 약초를 먹이면 죽었던 사람이 다시 살아난다고 했다.

설마, 아니겠지.

아니야, 그래도······.

마씨는 문득 심한 갈증을 느꼈다.

사람의 호기심이란 건 그 원인에 대해서 생각하면 할수록 강렬해지기 마련이다. 그리고······

마씨는 다시 돌아섰다.

사냥꾼 마씨는 손끝을 부들부들 떨면서 말라비틀어진 풀뿌리를 그녀의 입에 밀어 넣고 있었다.

그것이 그의 첫 번째 실수였다.

마씨는 단순히 호기심 때문에 한 짓이지만 그것이 그녀의 눈을 뜨게 했다.

새카만 그녀의 눈이 마씨를 보고 있었다.

그녀의 두 눈은 어둠 속에 웅크리고 있는 새끼 고양이의 그것처럼 반짝였다. 그리고 작은 입술을 오물거리면서 약초를 으적으적 씹어 먹었다.

그녀의 모습에 놀란 나머지 마씨는 그 자리에서 얼어붙었다.

마씨는 그저 멍청히 손에 쥐고 있던 약초를 그녀의 입에 쑤셔 넣고 가만히 서 있었다.

이 묘한 감정은 마씨가 누구보다 잘 알고 있다.

열두 살 때 아버지를 따라 두 번째 사냥을 하러 떠났을 때였다.

그때 처음 보았던 호랑이.

아주 가까운 거리에서 호랑이를 만난 사냥꾼은 움직이지 못한다고 한다. 결코 피할 수 없다는 절망감과 함께 찾아오는 자신의 나약함을 깨닫고 공포에 빠져 버린다는 것이다.

아버지와 마씨가 그때 그랬다.

호랑이가 뿜어대는 콧김이 얼굴에 닿는 순간 그들은 움직일 수가 없었다.

만약 아버지가 먼저 호랑이에게 잡혀 먹히지 않았다면, 그리고 당신이 마지막 기운을 짜내어 어린 마씨에게 도망치라고 말하지 않았더라면 그날 마씨는 틀림없이 죽었을 것이다. 그리고…….

그녀가 눈을 뜨고 약초를 씹는 그 순간 마씨의 상태가 바로 그러했다.

그 때문에 마씨는 자신의 손가락 하나가 그녀의 입에 들어가고 있다는 사실을 까마득히 잊어먹고 있었다.

"악!"

마씨는 재빨리 손을 움켜쥐고 두어 걸음 정도 물러났다. 하지만 이미 그의 오른손에는 피가 흐르고 있었다.

이것이 그의 두 번째 실수였다.

그는 무슨 일이 있더라도 그녀에게 피를 맛보게 해서는 절대 안 되었다.

쿵……!

그녀가 관 속에서 튀어나왔다.

마씨의 눈은 그녀의 얼굴에서 떨어질 줄 몰랐다. 절반의 살점이 녹아내려 시커먼 뼈가 드러난 그 흉측한 얼굴 말이다.

그녀의 작은 입술이 비틀리듯이 쩍 벌어졌다. 뾰족한 송곳니 두 개가 나타났다.

"캬오—"

짐승의 울부짖음이 그녀의 입에서 터졌다.

그녀가 양 무릎을 전혀 굽히지 않고 마씨를 향해 뛰어갔다.

쿵! 쿵! 쿵!

발걸음에 보조를 맞추듯이 마씨의 심장이 오그라들었다. 숨이 턱 끝까지 차오르고 볼 위로 식은땀이 흘러내렸다.

"무, 무슨 짓……!"

마씨가 마지막 힘을 짜내어 소리를 질렀다.

하지만 그에 대한 대답은 짓눌린 듯한 비명으로 마씨 스스로가 답해야만 했다.

引言

하아……

나는 죄인(罪人)이다.

〈大尾〉

後記

이렇게 '여름 이야기'가 끝이 났다.

참 아쉽다.

어쩌면 몇 번이나 새로 쓰다시피 해서 만들었기 때문에 더 아쉽다는 생각이 드는 건지도 모른다. 적어도 후회는 남기고 싶지 않았기에 나름대로 노력이랍시고 한 것인데도 돌이켜 보면…….

그럼 대체 나는 무엇이 그리 아쉬운가?

이 글을 머리 속에 넣어두고 혼자 키득거리며 상상할 때와는 너무나도 달라졌다.

처음에는 강시(殭屍)가 되어야 했던 '혜림'에게만 초점을 맞추고 이야기를 진행시킬 생각이었는데, 이야기를 진행시키다 보니 그럴 상황이 아니게 되더라는 아주 추잡스러운 변명만 늘어놓을 수밖에 없다.

그러고 보니 변명하니까 생각이 나는 건데 말이다, 나이가 지긋한 어르신네들보다 많은 세월을 살아오진 않았지만 그래도 지금껏 살아오는 동안 스스로 정한 '룰(Rule)'이 있다.

뭐, 안 돌아가는 혓바닥을 엄청 굴려서 거창하게 말은 꺼내긴 했지만 그렇게 대단한 것은 아니다.

'적어도 남과 나 자신을 기만을 하는 짓은 하지 말자'라든지, '누군가에게 한 대 얻어 맞았으면 다음엔 반드시 두 대는 더 때리자'. 이런 간단한 것들이다.

그중에 제일 상위에 올려둔 게 '약속은 우선 지키고 보자'란 것이다. 그리고 이런 것들을 마지막 자존심이라고 생각하며 살아왔다. 하지만 작가가 되겠다고 설칠 때부터 스스로 정한 마지막 자존심은 온데간데없고 자꾸만 나 자신을 기만하듯이 아주 역겨운 변명만 계속 늘어놓게 되었다.

빌어먹게도 말이다.

나 자신에게 미안하게 생각한다.

더불어 나를 알고 있는 모든 사람에게도…….

끝으로,

지금 쓰고 있는 글에 대해 이야기를 하고자 한다.

이번에는 '겨울' 을 주제로 잡았다.

그리고 겨울을 떠올리면 눈앞에 펼쳐지듯이 그려지는 장면이 딱 하나 있다.

군밤을 파는 손수레와 그 앞에서 발을 동동 구르며 연인(戀人)의 팔짱을 끼고 있는 여자, 그리고 군밤장수가 새하얀 종이로 만든 작은 봉투에 군밤 몇 알을 넣어 남자에게 건네고, 또 남자는 그때까지 꺼내 들고 있던 돈을 내미는 장면들이 마치 흐르는 영화 필름처럼 생각난다. 그리고는 군밤을 건네받은 남자가 그중에 제일 못생긴 군밤을 들고 여자에게 무언가를 말하면 여자는 금세 눈을 곱게 흘긴다. 군밤장수는 아주 흐뭇한 표정으로 그 두 사람을 쳐다본다.

아마 이런 장면들이 떠올랐기 때문에 제목을 'Love Is…' 라고 정해 버린 건지도 모른다.

무협다운 제목이 아니라서 읽기 망설여진다는 분들이 몇 분 계시던데……
어차피 제목이야 언제든 바뀔 수 있으니까.

아…….
배고프다.